열기구가
사라졌다

바바라 오코너 장편소설 · 이신 옮김

다섯
책방

에벌라이나와 포지가 하모니로 이사 온 날 밤, 월터는 또 그 꿈을 꾸었다.

월터의 열한 번째 생일날. 엄마와 아빠가 곁에 서서 주인공이 촛불을 끄길 기다린다. 모두가 생일 축하 노래를 부르는 중에 갑자기 문이 벌컥 열리면서 월터의 형 탱크가 군복 차림으로 성큼성큼 들어온다.

형이 두 팔을 활짝 펼치며 말한다.

"누가 돌아왔게!"

다들 눈을 휘둥그레 뜨고 입을 떡 벌린 채 형을 쳐다본다. 마치 유령이라도 본 듯이. 아니, 정말로 유령을 보았으니까.

엄마가 예쁘게 만든 버터크림 케이크에 촛농이 똑똑 떨어진다.

그때 그 일이 벌어진다. 월터가 그 꿈을 꿀 때마다 어김없이.

탱크 형, 아니 형의 유령이 군모를 벗어 월터의 머리에 푹 씌우며 말한다.

"촛불 꺼라, 꼬맹아. 그러면 내 세상을 보여주마."

그리고 월터의 등을 탁 치면서 덧붙인다.

"하지만 한꺼번에 다 꺼야 해. 기회는 딱 한 번이다. 속임수 쓰기 없기."

형은 깨진 앞니를 드러내며 씩 웃는다. 그러고는 팔짱을 끼고 발끝으로 바닥을 톡톡톡 두드리며 재촉한다.

"온종일 기다려줄 순 없는데."

월터는 얼른 열한 개의 촛불을 내려다보며 숨을 한껏 들이마시고…….

잠에서 깬다. 매번 어김없이.

에벌라이나와 포지가 하모니로 이사 온 날 밤, 꿈에서 깨어난 월터는 두근대는 심장을 부여잡은 채 침대 끄트머리에 걸터앉아 있었다.

별안간 덜거덕대고 끽끽대는 차 소리가 들려왔다. 어니스트 할아버지와 나딘 할머니가 살던, 무너지기 일보 직전인 옆집의 진입로에서 나는 소리였다.

월터는 침대에서 일어나 살금살금 창가로 다가갔다. 맨발에 닿는 마룻바닥이 차가웠다. 마당 건너에 보름달이 걸려 있었다. 어스레한 달빛을 받은 빨랫줄이 으스스한 그림자를 드리웠다. 마치 텃밭과 그 옆에 아빠가 가끔 낮잠을 자는 접이식 의자 위로 길고 검은 뱀이 스멀스멀 기어가는 것 같았다.

달빛 덕에 월터는 에벌라이나의 차를 볼 수 있었다. 차 뒤에 매달린 트레일러에 짐이 한가득했다. 종이 상자가 한 무더기에 세탁기와 매트리스도 있었다. 에벌라이나 옆 조수석에 앉은 포지와 꾀죄죄한 강아지 폭찹은 그때의 월터에게는 보이지 않았다.

이튿날, 엄마가 유리병에 담긴 오이피클을 가져다주라며 월터를 옆집에 심부름 보냈다. 판자가 절반은 떨어져 나간 현관 앞에 서긴 했는데 너무 긴장되고 떨렸다. 월터는 일단 열까지 세고서 문을 두드리기로 했다.

그런데 겨우 여섯까지 셌을 때 문이 홱 열리며 무릎이 딱지투성이인 깡마른 여자애가 뛰쳐나왔다. 뒤이어 쪼끄만 강아지 한 마리도 쫓아 나와 왈왈 짖어댔다.

여자애가 대뜸 야단을 쳤다.

"글 읽을 줄 모르니?"

월터는 하마터면 현관 가장자리 너머 가시덤불로 나자빠질 뻔했다. 심장이 미친 듯이 뛰었다. 여자애가 얼굴을 바짝 들이대는 순간엔 정말 심장이 끽 하고 멎는 줄 알았다.

여자애가 말했다.

"말할 줄도 모르는구나, 너."

"음……."

월터는 쭈뼛쭈뼛 피클 병을 내려다봤다.

여자애가 명령조로 말했다.

"혀 좀 내밀어 봐."

월터는 하라는 대로 혀를 내밀었다.

바로 그때 에벌라이나가 나왔다.

"오늘 점심은 맛있는 고기 스튜에 그린빈스다, 포지. 어머, 저 애한테 뭘 한 거니?"

"귀까지 먹었는지 확인 중. 읽을 줄 모르는 건 확실해서 말이 야."

포지는 현관 난간에 못 박힌 표지판을 손가락으로 척 가리켰다.

판촉원 사절

월터가 기억하는 한 그 표지판은 늘 그 자리에 있었다. 월터는 판촉원이 뭔지 몰랐다. 그저 '전 인류'의 다른 말인가 보다 했다. 어니스트 할아버지와 나딘 할머니는 이 집 울타리 안에 아무도 얼씬거리지 못하게 했으니 말이다. 두 사람은 다 쓰러져가는 집 안에서 온종일 틀어박혀 지냈는데, 아주 가끔 현관문을 여는 경우 라고는 고양이 떼를 잡초가 무성한 마당으로 몰아내려고 할 때뿐 이었다.

그러던 어느 날 나딘 할머니가 돌아가셨고, 사흘 후 어니스트 할아버지도 돌아가셨다. 얼마 지나지 않아 월터의 엄마는 우체국 사람에게서 이제 빈집이 된 그곳에 두 사람의 딸이 와서 살 거라는 얘기를 들었다. 이름이 에벌라이나인 그 딸은 테네시에 산다고 했다.

에벌라이나가 딱지투성이 무릎에 깡마른 딸 포지와 시끄러운 강아지 폭찹을 키우고 있다는 얘기는 엄마도 들은 적이 없었다. 그래서 조금 충격이었다. 이 집 현관에 피클 병을 들고 선 월터 자신, 그런 자신을 무섭게 쏘아보는 여자애, 왈왈대고 그르렁거리는 강아지까지 모두 뜻밖이어서.

충격에서 헤어난 뒤 포지를 제대로 마주 보고서야 월터는 기가 조금 풀리는 느낌이었다. 포지의 왼쪽 뺨 한가운데에 커다란 하트 모양의 반점이 있었다. 주근깨 박힌 창백한 피부에, 짙은 갈색 얼룩이.

그 반점을 보는 순간 월터는 마침내 동지를 만난 기분이었다. 어쩌면 자신과 이 여자애는 손쉬운 먹잇감이 되는 불운으로 엮인 운명인지도 몰랐다.

월터는 평생 손쉬운 먹잇감이었다. 조용하고 소심한 성격에 안짱다리인 데다 한쪽 눈은 다른 쪽 눈이 보는 방향을 한사코 같이 보려 하지 않는 심한 사시였다. 하모니의 심술궂은 아이들은 이런 점들을 결코 놓치지 않았다.

뺨에 하트 모양 반점이 있는 이 여자애도 보나 마나 손쉬운 먹잇감이 될 것이다. 동지를 만나는 것이 월터의 평생소원이었는데 정말 운명처럼 이 여자애가 나타났다. 물론 동지치고 좀 사나운 것 같기는 했다. 아직도 포지는 월터에게 손가락질을 해대며 현관 난간의 표지판 얘기를 하고 있었다.

그렇지만 월터로서는 동지를 가려서 받을 처지가 아니었다. 이렇게 만난 것만도 감지덕지할 일이었다.

월터는 에벌라이나에게 피클 병을 건넸다. 콩알만 한 강아지가 그르렁대면서 앙하고 발목으로 달려드는 바람에 월터는 펄쩍 뛰어 벌건 흙바닥에 쿵 착지했다.

"폭찹, 쉿. 그만."

포지가 강아지 목줄을 당기고선 월터를 힐끗 쳐다보며 말했다.

"앤 내가 물으라고 할 때만 물어."

무심코 강아지를 올려다보던 월터는 입이 떡 벌어졌다. 꾀죄죄한 이 강아지, 다리가 세 개뿐이었다! 앞다리는 둘인데 뒷다리가 하나였다.

월터가 놀란 걸 알아봤는지 포지가 말했다.

"폭찹 같은 애를 만만하게 보면 안 돼. 앤 싸움꾼이야."

그러고는 엄지로 자신을 가리키며 덧붙였다.

"나처럼."

집으로 돌아가는 길, 월터는 기분이 한결 가벼워졌다. 어쩌면 이번 여름은 조금 나을지도 모른다. 월터네 가족은 마을과 동떨어진 집에 살았다. 그래서 지금껏 월터에게 친구라고는 형밖에 없었다. 그런 형마저 떠나보낸 뒤 월터는 매일 혼자였다.

포지와 함께 신나게 노는 장면들이 월터의 머릿속에서 춤을 추듯 흘러갔다.

강둑에 널린 썩은 통나무 밑을 뒤지며 도롱뇽을 찾아봐야지. 헛간이 무너져 생긴, 흰개미가 우글거리는 나뭇더미 그 뒤편 숲속에 형이랑 같이 지어놓은 요새를 2층으로 증축할 수도 있겠고.

하지만 밤이 되자 익숙한 의심병이 슬그머니 고개를 들면서 평소의 걱정 많은 월터가 되돌아왔다. '판촉원 사절'이라 적힌 표지판을 가리키며 월터를 쏘아보던 포지는 정말이지 당돌하기 짝이 없었다. 아무래도 포지는 못된 애들의 괴롭힘을 멋지게 물리치는 기술을 연마한 아이 같았다.

여름방학이 끝나면 포지는 하모니 초등학교에 당당하게 들어갈 것이다. 누구든 자신을 놀리려 들 것 같으면 레이저처럼 강렬한 눈빛만으로도 상대의 기를 죽일 것이다.

아마 점심시간에는 1학년 애들 접시에서 생선튀김을 낚아챌 것이고, 3학년 동급생들에게는 자신의 반점을 건드려보라고 부추기고서 정말 손을 대면 25센트를 내놓으라고 할지도 모른다.

그렇다. 포지는 '괴롭힘 사절'을 몸소 실천하고도 남을 아이였다. 월터는 절대 그럴 수 없는 아이고. 포지와 그의 강아지 폭찹은 강했다. 월터는 절대 그렇게 될 수 없을 테고.

잠이 쏟아질 무렵에는 의심병이 물러가고 실망병이 찾아왔다.

포지처럼 패기 넘치는 아이가 월터 같은 소심한 아이와 어울리고 싶어 할 리가 없으니까.

하지만 운명은 월터 편이었다고, 그렇게 기다리고 기다리던 동지를 드디어 보내줬다고 믿을 수밖에 없는 일이 벌어졌다.

바로 다음 날, 월터와 포지, 폭참이 울창한 숲속에서 엉겅퀴 덤불을 헤치고 쓰러진 나무를 타 넘다가 시체를 발견한 것이다.

엄마 심부름으로 옆집에 피클을 가져다준 다음 날 아침, 월터
는 얼굴에 찬물을 끼얹었다. 요즘 들어 자꾸 찾아오는 꿈, 생일날
형이 나타나 촛불을 다 끄면 자신의 세상을 보여주겠다고 말하는
그 꿈을 머릿속에서 몰아내고 싶었다.

아침 식사 시간, 엄마는 잠옷에 목욕 가운을 걸친 차림으로 슬
리퍼를 직직 끌며 느릿느릿 움직였다. 지난 6개월간 매일 매 순간
쌓이고 쌓인 슬픔으로 엄마의 얼굴에는 주름이 가득했다.

엄마는 맞은편 의자에 털썩 앉더니 시리얼이 담긴 상자를 월터
쪽으로 밀었다. 월터는 한숨이 나왔다. 엄마가 자신과 형을 위해
만들어주곤 했던 프렌치토스트와 블루베리 팬케이크가 너무 그
리웠다.

월터는 텅 빈 자리를 건너다보았다. 엄마 요리가 최고라고 한없이 치켜세우는 형의 목소리가 들리는 듯했다. 그러면 엄마는 환한 표정으로 못 이기는 척 다시 가스레인지 앞으로 향했더랬다.

이제 이 작은 부엌은 쥐 죽은 듯 고요했다. 덜 잠근 수도꼭지에서 조금씩 새는 물방울이 개수대에 쌓인 설거짓거리 위로 똑똑 떨어지는 소리만 울릴 뿐이었다.

엄마는 물끄러미 창밖을 내다보았다.

월터는 투명 인간이 된 기분으로 시리얼을 뒤적거리다 물었다.

"아빠는 언제 오세요?"

엄마는 커피를 한 모금 홀짝 마시고는 어깨를 으쓱했다.

"금방."

"금방 언제요?"

"네 생일엔 확실히 오실 거야."

그래 뭐, 라고 월터는 생각했다. 겨우 2주 남짓 남았으니까. 벌목 회사의 트럭 운전사인 아빠는 한 번에 몇 주씩 집을 비우곤 했다. 형이 없는 집에 월터와 엄마만 덩그러니 남겨놓고서.

월터는 가끔 형의 기척이 들리는 것만 같을 때도 있었다. 낡은 마룻바닥을 밟는 작업화 소리. 방에서 흘러나오는, 음정을 무시한 노랫소리. 엄마를 웃게 하는 시답잖은 농담까지.

고양이나 와서 먹으라는 심정으로 월터는 눅눅해진 시리얼을 마당에 내려놓았다. 그러고는 헛간으로 가서 양쪽 문을 한 번에 당겨 열고 어둑한 안으로 들어갔다. 축축한 흙내와 오래된 나무 냄새에 엔진오일, 휘발유 냄새가 코를 찔렀다.

월터는 까만색 픽업트럭 문을 열고 운전석에 올라 속삭였다.

"안녕, 트럭아."

반짝이는 속도계와 계기판 테두리를 손끝으로 쓸어보았다. 이 자리에 앉은 형의 모습이 눈에 선했다. 애지중지하는 트럭을 티끌 하나 없이 완벽해질 때까지 부지런히 쓸고 닦고 광내던 형.

월터는 등받이에 뺨을 대고 숨을 크게 들이마셨다. 공중에 희미하게 떠도는 형의 로션 냄새를 아직도 맡을 수 있다고 믿었다.

조수석 서랍을 열자 형의 물건들이 눈에 들어오며 새삼 또 가슴이 저릿했다.

25센트 동전이 가득한 조그만 천 주머니.

형의 기름때 지문이 덕지덕지 묻은 카드 세트.

선글라스.

얼굴 주위에 빨간 마커로 하트가 그려진, 형이 사귀었던 누나의 사진.

월터는 'Born to Be Wild'라 새겨진 금속 열쇠고리에서 트럭 열쇠를 빼내 키박스에 꽂았다. 형이 떠난 뒤 하루도 빠짐없이 한 일이었다.

그렇게 하겠다고 약속했으니까.

"매일 몇 분씩 시동만 걸어줘. 내가 돌아오면 곧바로 달릴 수 있게 말이야."

그러면서 형은 한쪽 눈을 찡긋해 보였었다.

월터가 계속 꾸는 그 꿈에서 형의 유령이 나타나면 누구도 움직이지 않는다. 월터 자신조차도. 하지만 만약 현실이라면 월터는 한달음에 달려가 형을 얼싸안을 것이다. 다시는 못 볼 줄 알았던 형이 돌아와 줘서 너무나 기쁠 것이다. 여섯 달 전, 육군 기지인 포트베닝에서 웬 군인이 침통한 표정으로 찾아와서는 해외에서 싸우던 형이 영영 돌아오지 않을 거라는 소식을 전했으니까.

그래도 월터는 형과 약속한 일을 그만두지 않았다. 이 트럭은 형이 매일 방과 후에 잡초를 베고 낙엽을 쓸고 울타리 기둥을 박으며 번 돈으로 산, 형의 자부심이자 기쁨이었다. 지금도 월터는 형의 마음에 꼭 들게 트럭을 하루 한 번씩 예열하고 완벽하게 관리하고 있었다. 창문도 얼룩 하나 없이 깨끗했다. 은색 보닛 장식도 은은하게 빛났다. 휠 캡도 거울처럼 반짝였다.

열쇠를 돌리자 부르르 시동이 걸렸다. 라디오도 자동으로 켜졌다. 형이 좋아하던 컨트리음악 채널에 맞춰져 있었다. 주크박스에 돈을 넣고 가게 문이 닫힐 때까지 천천히 춤추자는 어떤 남자의 노래가 흘러나왔다.

월터는 운전대에 손을 얹고 운전하는 시늉을 했다. 차창을 내리자 후텁지근한 조지아의 공기가 안으로 훅 끼쳐 들었다.

형은 가끔 월터에게 운전대를 내주었다. 젖소 방목지나 갈아엎은 콩밭이나 빈 주차장에서였다. 월터가 마지막으로 운전한 때는 어느 날 밤, 오크 그로브 감리교회 주차장에서였다. 발이 페달에 잘 닿지도 않는데 어둠 속에서 목을 쭉 빼고 전방을 살피느라 진을 뺐지만 둘은 환호성을 내질렀다.

형은 고등학교 여자애들 얘기와 늦은 밤 급수탑 파티 얘기를 신나게 늘어놓았다. 급수탑 벽에 빨간 페인트로 '하모니'라 적은 무용담도 들려주었다. 그러고서 집으로 돌아오는 길에 형은 곧 입대해서 이 지긋지긋한 하모니를 뜰 거라고 고백했다. 즐거움에 한껏 들떴던 월터는 그 얘기를 듣는 순간 기분이 와장창 무너졌다.

목이 콱 막혀 말이 잘 나오지 않았지만 월터는 가까스로 물었다.

"그럼 어디로 가려고?"

"아직 몰라. 형도 날개를 좀 펼쳐야 하지 않겠냐? 조지아주 하모니는 이 우주에서 티끌 한 점에 지나지 않아."

월터의 목소리가 떨리기 시작했다.

"그럼 나는? 형이 날개를 펼치면 난 어떡해야 해?"

형은 월터의 팔을 퉁 쳤다.

"너도 네 할 일을 해야지, 꼬맹아. 네 할 일을 하라고."

"무슨 말이야?"

"잔디도 깎고, 울타리 기둥도 박고, 졸업도 하고, 여자애들이랑 뽀뽀도 하라고. 날개를 펼치려면 먼저 잘 키워놔야겠지?"

형은 찡끗 윙크하고서 창밖으로 팔을 걸쳐놓았고 월터는 제 할 일에 대한 생각에 빠졌다. 그렇게 둘 다 별다른 말을 하지 않은 채 집까지 왔다.

지금은 형 없이 월터 혼자 트럭에 앉아 있었다. 월터는 서랍 안에서 편지 봉투를 꺼내 들고서 형이 악필로 휘갈겨 쓴 자신의 이름과 주소를 멍하니 내려다봤다.

이 봉투만은 도저히 뜯어볼 수 없었다. 형의 다른 편지들은 방에다 보관해 놓고서 셀 수 없이 읽고 또 읽었다. 하지만 이 편지는 형이 영원히 돌아올 수 없다는 소식을 듣고서 이틀 뒤에 도착한 것이었다.

이 편지의 내용도 월터 방 옷장 서랍에 있는 다른 편지들과 같을까? 고향을 등진 삶이 얼마나 신나고 좋은지 자랑하거나 하모니는 조금도 그립지 않다고 말하고 있을까?

아니면 다른 얘기가 적혀 있을까? 마침내 형이 하모니를 얼마나 그리워하는지 고백하는 편지일까? 해외로 가기 전에 작별 인사를 하러 오기로 한 약속을 지키지 못해 미안하다고 털어놓는 편지일까?

이런 생각을 하다 보니 월터는 화가 나서 속이 뒤집혔다가도 이내 미안해져서 마음이 무거워졌다. 너무너무 보고 싶은 형에게 화가 나는 게 싫었다. 형에게 화를 내는 건 이유를 불문하고 잘못하는 느낌이었다. 하지만 거의 온종일 월터 안에선 분노와 슬픔이 엎치락뒤치락했다.

월터는 시동을 끄고 열쇠와 봉투를 서랍에 도로 넣은 뒤 속삭였다.

"잘 있어, 형."

티셔츠 밑단으로 핸들 얼룩을 박박 지운 뒤 트럭에서 내려와 헛간 문을 닫는데 포지와 딱 마주쳤다.

"에벌라이나가 피클 병 돌려주라고 했는데, 나 이거 필요해."

포지는 무릎 위까지 올라오는 흙투성이 고무장화를 신고 있었다. 폭찹이 하나뿐인 뒷다리를 콩콩대며 깡충깡충 뒤따라왔다. 갈색과 흰색이 섞인 털은 이곳저곳 뭉쳐 있고 꼬리는 깃발처럼 허공에서 흔들렸다.

월터는 눈을 끔뻑끔뻑했다.

"어……."

"너희 집 창고에서 몇 개 더 찾았어."

포지는 텃밭 옆 작은 창고를 가리켰다. 포지가 든 비닐봉지에서 유리병들이 달그락거렸다.

월터가 물었다.

"에벌라이나라면 너희 엄마 아니야?"

"맞아."

"그런데 왜 에벌라이나라고 불러?"

"엄마 이름이 에벌라이나니까."

포지는 아무렇지 않게 대답하고서 앞서 달려가는 폭찹을 따라 마당을 가로질러 도로로 향했다.

"잠깐!"

월터가 부르자 포지는 우뚝 멈춰 서서 뒤돌아봤다. 포지는 고개를 바짝 쳐들고 눈썹도 바짝 올렸다.

월터가 물었다.

"그 유리병들 가지고 뭐 하려고?"

자신을 위아래로 유심히 훑는 포지의 눈길에 월터는 괜히 긴장돼 짝다리를 짚었다.

"피라미 잡으려고. 뭐, 진짜 피라미는 아니겠지만. 강에 잉어가 있으면 몰라도 말이야. 강에 잉어 있어?"

"좀 있기는 해. 하지만 대개 송어랑 메기지."

"진짜 피라미는 잉어야. 잉어과에 속하거든. 『지식의 조각들』을 네 번이나 읽어서 잘 알지. 게다가 난 보고 듣고 느낀 걸 사진 찍듯 정확히 기억하는 포토그래픽 메모리를 가졌거든. 거기 있는 내용은 거의 다 기억해."

포지는 비닐봉지를 다른 손으로 옮기며 물었다.

"너도 그 책 읽어봤니?"

월터는 고개를 가로저었다.

"내가 제일 좋아하는 책이야. 이사 오기 전에 살았던 테네시 굿윌스토어에서 샀어. 기증품을 파는 가게 말이야. 원래는 책이 엄청나게 많았는데 에벌라이나가 못 가져오게 해서 정말 아끼는 책들만 챙겨 왔어. 개 훈련하는 방법에 대한 책도 가져왔지. 잘 봐."

포지가 한 손으로 동그라미를 그리자 폭찹은 발라당 눕고서 한 바퀴 굴렀다.

월터가 물었다.

"피라미 잡으러 어디로 갈 건데?"

포지는 월터의 코앞으로 얼굴을 바짝 들이댔다.

"쯧. 말했잖아, 강이라고."

월터는 고개를 절레절레 저었다.

"잘해봐."

"무슨 뜻이야?"

월터는 어깨를 으쓱했다. 이래 봬도 채터후치강 근처에서 평생을 살아온 몸이었다. 피라미는 강이 아니라 숲속의 맑은 개울에서 가장 잘 잡힌다는 것쯤은 알고 있었다.

"피라미는 강보다 개울에 많다는 뜻이지."

"너, 피라미 전문가야?"

"그건 아닌데……."

"피라미가 잉어라는 사실도 몰랐으면서."

포지는 톡 쏘아붙이며 폭찹과 함께 울타리 밖으로 어기적어기적 걸어갔다. 걸음을 옮길 때마다 비닐봉지 속 유리병들이 달그락달그락 소리를 냈다.

도로 가운데에 이른 포지가 큰 소리로 말했다.

"같이 갈 거야, 말 거야?"

포지를 따라잡을 즈음 월터는 숨이 턱턱 막혔다. 하모니의 열기로 목덜미에 땀이 비 오듯 줄줄 흘렀다.

　도랑을 뛰어 건너고 쓰러진 나무를 타 넘고 가시덤불을 조심조심 피해 다니고, 그렇게 좁은 숲길을 헤치며 개울로 향하는 동안 포지는 끊임없이 조잘거렸다.

　테네시에 살 때 레타라는 친구가 있었는데 기면증을 앓았다고 했다.

　"저녁 먹다가 갑자기 잠드는 거야. 한번은 서 있다가도 잠들었어. 진짜라니까!"

　자신이 갓난아기일 때 아빠는 외판원이었다고도 했다.

　"문제는 물건 팔러 나가서 영영 돌아오지 않았다는 거야. 예전엔 이것 때문인가 했지."

포지는 얼굴에 있는 하트 모양 반점을 가리켰다.

"하지만 에벌라이나한테 그런 소리 말란 얘길 골백번은 듣다 보니 나도 더는 그런 생각을 하지 않게 된 것 같아."

그러고서는 테네시의 스파이니 그로브 침례교회 목사가 이 반점은 천사의 입맞춤 자국이라고 얘기해 줬다고 했다.

"어쩌다 보니 그게 헛소리였다는 걸 알게 됐지 뭐야. 아무리 천사라도 온 세상 아기들한테 일일이 입맞춤해 줄 시간이 있을 리 없잖아. 굳이 따진다면 악마가 걷어찬 자국일 가능성이 더 크지 않겠어?"

계속 그런 식이었다. 포지는 폭찹을 처음 만났을 때 얘기도 들려주었다.

폭풍우가 몰아치던 어느 날 밤, 폭찹이 자기네 집 현관에 나타났다는 것이었다.

"옴 때문에 털이 숭숭 빠져 있는 데다 온몸에 이가 득시글했어. 진짜 뼈하고 가죽밖에 없었다니까. 안으로 들여보내 줬더니 얘가 들입다 식탁 위로 뛰어 올라가서는 에벌라이나 접시에 있던 폭찹을 허겁지겁 먹더라고."

월터가 물었다.

"그래서 얘 이름이 폭찹인 거야?"

"뭐, 그렇지. 아무튼 에벌라이나는 완전히 기겁해서는 얠 보호

소로 보내려고 했지만 내가 펄쩍 뛰면서 반대했지. 얘한텐 내가
필요하단 걸 알았으니까. 다리가 세 개밖에 없잖아. 다른 강아지
와 다르게 생겼지. 장담하는데 그게 어떤 기분인지 내가 진짜 잘
알거든."

월터는 그 반점 때문에 놀림당했느냐고 물어보고 싶었지만 차
마 용기가 나지 않았다. 하기야 용기가 있었다 해도 물어볼 틈이
없었을 것이다. 포지가 정말이지 한시도 쉬지 않고 떠들어댔으니
말이다.

포지의 수다는 여지없이 이어졌다.

"때마침 어니스트랑 나딘이 죽은 게 말하자면 다행이었지. 덕
분에 집이 공짜로 생겼잖아. 참, 어니스트랑 나딘은 우리 할아버
지와 할머니야."

월터는 고개를 끄덕였다.

"알아, 할아버지와 할머니가 돌아가신 걸 그렇게 표현하다니
내가 나쁜 애 같지? 하지만 난 태어나서 한 번도 만난 적 없는 사
람들이고 에벌라이나도 두 분이 그리 착한 사람들은 아니라고 했
어. 항상 하모니에는 절대로 안 간다고 했었는데 집이 생기니까
에벌라이나도 마음이 바뀌었나 봐."

바로 앞에서 길을 가로질러 스르륵 기어가는 검고 조그만 뱀을
발견하자 포지는 기회를 놓치지 않고 또다시 지식을 뽐냈다.

"세상에서 가장 긴 뱀의 길이는 9미터, 무게는 136킬로그램인

26

거 몰랐지? 또 하나의 토막 지식."

포지가 묵직한 장화 끝으로 툭 건드리자 뱀은 썩은 낙엽 더미 속으로 쏙 숨어들었다.

개울에 거의 다다랐을 때 포지가 갑자기 외쳤다.

"가만!"

월터는 순간 얼음이 되었다.

"저기 봐!"

월터는 포지가 가리키는 곳으로 눈길을 던졌다.

"뭔데?"

"보고 기절하지나 마."

포지는 따라오라고 손짓하고는 마구잡이로 얽힌 잡초를 풀어헤쳤다. 폭찹은 벌써 그 주변을 맴돌며 미친 듯이 킁킁거리고 낑낑대기 바빴다.

포지가 다시 말했다.

"저기!"

월터도 보았다. 빽빽한 수풀에서 비어져 나온 발을. 정확히는 두 발을.

한쪽 발에는 엄지발가락 부분에 구멍이 난 운동화가 신겨 있었다. 다른 쪽은 멍들고 긁힌 맨발이었다.

포지가 속삭였다.

"누굴까?"

월터는 속이 울렁거렸지만 어쩐 일인지 그 발들에서 시선을 뗄
수 없었다.

포지는 유리병들이 든 비닐봉지를 조심스레 내려놓고 나무 막
대기를 집어 들었다. 입술에 손을 대고는 "쉬잇" 하고 속삭였다.
그러고서 막대기로 덤불을 이리저리 젖혔다.

단풍나무 아래에 널브러져 있는 건 사람의 시체였다.

"우와!"

포지는 막대기로 덤불을 젖힌 채 시체를 뚫어져라 쳐다봤다. 폭찹이 옆에서 낑낑댔다.

월터는 얼어붙었다. 몸을 움직일 수 없었다. 말도 할 수 없었다. 머릿속이 빙빙 돌고 다리는 후들거렸다.

월터는 눈을 질끈 감고서 간절히 중얼거렸다.

"어디 많이 아픈가?"

"죽은 것 같은데."

"죽었다고?"

"저세상 가셨다고. 아는 사람이야?"

월터는 그 사람의 얼굴을 보고 싶지 않았다. 발을 본 것만 해도 충분히 무서웠다. 천천히 한쪽 눈을 뜨고 겨우 얼굴을 힐끔 보았다. 그러고 나서 나머지 눈도 뜨며 심호흡했다.

죽은 남자의 얼굴 절반은 덥수룩한 콧수염에 덮여 있었다. 마치 미소 짓는 입술처럼 양 끝이 말려 올라간 콧수염이었다. 얼굴의 나머지 반은 온통 긁힌 상처투성이였다. 한쪽 눈두덩이는 달걀만 한 크기로 벌겋게 부어올라 있었다.

자연인인지 뭔지 어깨까지 늘어진 머리칼에 낙엽이 가득 꽂혀 있었다. 체크무늬 셔츠와 멜빵 청바지는 군데군데 찢기고 진흙이 잔뜩 묻어 있었다. 한 손은 낙엽을 느슨하게 쥔 모양이었고 다른 손은 몸통 옆에 축 늘어져 있었다.

월터는 다시 한번 숨을 크게 들이마시고 그대로 숨을 참은 채 쿵쾅대는 심장을 진정시키려 애썼다. 하모니 사람이라면 못 알아볼 리 없는데 이 남자는 확실히 월터가 모르는 사람이었다.

포지가 재차 물었다.

"아는 사람이냐니까?"

월터는 고개를 저었다.

"생전 처음 보는 사람이야."

월터는 덤불을 헤친 막대기를 아직도 꼭 쥐고 있는 포지를 돌아보며 물었다.

"이를 어쩌지?"

포지가 막대기를 숲속으로 휙 내던지자 슈욱 소리와 더불어 덤불이 순식간에 다시 남자를 덮었다.

포지는 월터를 향해 빙긋 웃었다.

"911에 신고하자! 911에 신고 한번 해보는 게 소원이었어!"

911에 신고하자고? 월터는 이제껏 한 번도 그런 생각을 해본 적 없었지만, 포지의 말을 듣고 보니 어쩐지 자신도 늘 911에 신고해 보고 싶었던 것 같다는 생각이 들었다.

월터는 새삼 포지가 감탄스러웠다. 이 여자애랑 같이 있었더니 바로 첫날부터 911에 신고할 일이 생기지 않았는가!

"가자!"

포지는 호기롭게 외치고 휘파람으로 폭찹을 불렀다. 그러고는 무거운 장화를 힘겹게 떼고 가느다란 머리칼을 휘날리며 서둘러 숲길을 나아갔다.

월터도 뒤따라갔다. 하지만 멀리 가진 못했다.

왜냐하면 그들 말고는 아무도 없는 조용한 숲속에서 난데없이 "끙" 하고 앓는 소리가 들려왔기 때문이다.

월터의 발걸음이 멎었다.

포지도 우뚝 섰다.

폭찹마저 멈췄다.

"끙" 하는 앓는 소리가 곧이어 다시 들렸다.

혼자였다면 어떻게 했을지 월터는 잘 알고 있었다. 걸음아 날 살려라 하고 도망쳤을 것이다. 하지만 포지가 함께 있으니 도망치는 건 도리가 아닐 듯했다. 그래서 가만히 선 채로 기다렸다.

폭찹이 머리를 빳빳이 쳐들고 나직이 그르렁대기 시작했다. 포지가 "쉿" 하면서 폭찹을 진정시키고 월터에게 따라오라 손짓하며 앞장섰다. 두 발이 비어져 나온 덤불에 다시 이르자 포지는 웅크려 앉고서 월터에게도 똑같이 하라고 손짓했다.

포지가 속삭였다.

"살아 있나 봐!"

월터는 고개를 끄덕했다.

심장이 어찌나 세차게 뛰는지 쿵쾅쿵쾅 소리가 귀에도 들릴 지경이었다. 월터가 숨을 멈추고서 지켜보는 동안 포지가 천천히 덤불을 젖혔다.

남자가 여전히 눈을 감은 채 있었다. 한 손은 변함없이 낙엽을 쥔 채였는데 다른 손이 움찔 움직였다. 눈꺼풀도 파르르 떨렸다. 그러고는 또다시 "끙" 하는 소리가 들렸다.

폭찹이 왕 짖었다.

별안간 남자가 두 눈을 번쩍 뜨더니 나뭇가지와 잎으로 뒤덮인 허공을 바라보았다.

굵고 쉰 목소리에 월터는 화들짝 놀랐다.

"죽은 건가?"

남자는 여전히 하늘을 응시한 채였다.

쪼그려 앉아 덤불을 손으로 젖힌 자세 그대로 포지가 대꾸했다.

"치, 죽기는 개뿔."

남자의 눈동자가 목소리의 주인공을 찾아 휙휙 돌더니 이내 포지를 찾아내고 점차 초점을 맞추었다.

남자가 중얼거렸다.

"천사십니까?"

"이 얼굴이 천사로 보여요? 아니면 쟤가 천사 같아 보여요?"

포지는 엄지로 자신과 월터를 번갈아 가리키며 쏘아붙였다.

남자는 눈을 감고 다시 신음했다.

"그럼 여긴 대체 어디란 말인가!"

"천국에서 한참 먼 곳이죠. 그렇지, 월터?"

포지는 팔꿈치로 월터를 쿡 찔렀다.

월터는 남자를 쳐다봤다. 이곳저곳 긁히지 않은 데가 없고 더럽지 않은 데가 없었다. 월터는 남자의 솔직한 질문에 알맞은 답을 주기로 했다.

"여긴 조지아주 하모니의 채터후치 강가 숲속이에요."

남자는 쿨럭 기침하고는 몸을 움츠렸다.

"사지가 멀쩡히 붙어 있나? 보기 두렵구면."

포지가 실눈으로 그를 흘겨보았다.

"제 눈에는 아주 말짱해 보이시네요. 월터, 네 눈에도 이 아저씨 사지가 말짱히 붙어 있는 것 같니?"

월터는 재빨리 남자의 몸을 훑었다. 팔 두 개, 손 두 개, 다리 두 개, 발 두 개. 멍들고 긁힌 맨발에 한동안 시선이 머물렀다.

마침내 월터도 말했다.

"응, 신발 한 짝이 없긴 하지만."

남자는 발이 있다는 걸 까먹었다는 듯 생소한 눈빛으로 고개를 들어 발을 내려다보았다.

"망할! 완벽한 신발이었는데."

폭찹이 천천히 남자 주위를 돌며 킁킁 냄새를 맡고 그르렁그르렁 위협했다.

남자가 말했다.

"누가 저 개 좀 치워줄래?"

포지가 부르자 폭찹은 총총총 주인 곁으로 가서 앉고는 꼬리를 흔들었다. 그 바람에 마른 낙엽이 바스락대며 이리저리 휩쓸렸다.

포지가 말했다.

"이런 말씀 드려 죄송한데요, 아저씨. 상태가 별로 좋아 보이진 않아요."

남자는 얼굴을 찡그렸다.

"하늘에서 떨어져 봐라. 너들 상태가 좋아 보이겠냐?"

"하! 하늘에서 떨어졌다고요? 머리를 많이 다치셨나 봐."

월터는 머리 위 나무들을 올려다보았다. 나뭇잎을 통과한 햇살이 금빛 줄무늬를 이루며 가지들 사이에서 하늘하늘 흔들리고 있었다. 진정 이 아저씨가 하늘에서 떨어졌다고?

남자가 볼멘소리를 했다.

"너희 둘, 언제까지 그러고 앉아 있을 거냐? 아직 몰라봤을까 해서 하는 얘긴데 이 몸이 지금 상당히 곤란한 상황이야. 발목이 부러진 것 같아."

포지가 물었다.

"이름은 있으세요?"

"이름 없는 사람도 있냐?"

포지는 덤불을 휘어잡고 있던 손을 과장되게 탁 놓으며 발딱 일어섰다. 가지들이 한꺼번에 원위치로 돌아오며 남자의 얼굴을 사정없이 후려갈겼다.

"야!"

남자가 버럭 소리치자 폭찹이 사납게 짖어댔다. 포지는 주먹 쥔 손을 허리에 얹고서 덤불 쪽으로 크게 소리쳤다.

"제 생각에는요. 정말 곤란한 상황에 처한 사람이라면 좀 더 친절하게 나올 것 같거든요?"

덤불 속에서 남자의 목소리가 새어 나왔다.

"알았다, 알았어. 밴조! 내 이름은 밴조다! 이제 도와줄 테냐? 여기서 나가게 나 좀 거들어 봐."

포지는 덤불을 다시 휘어잡아 젖히고 남자의 얼굴을 빤히 내려다봤다.

"밴조요?"

월터도 물었다.

"무슨 이름이 그래요?"

남자는 땅이 꺼져라 한숨을 쉬었다.

"내가 진짜 최선을 다해서 친절하게 굴어보마. 하지만 지금 당장은 그럴 기분이 아니야. 글쎄, 도와줄 거냐 말 거냐?"

포지는 월터를 보았다.

"도와드려야 할까?"

"으음, 웅! 도와드려야지. 911에 신고할까?"

포지가 고개를 끄덕였다.

"좋아, 911."

구급대원들이 밴조를 들것에 실어 숲 밖으로 데리고 나왔다. 밴조가 막 구급차에 실리려던 차에 에벌라이나가 봉지를 흔들어 보이며 헐레벌떡 쫓아왔다.

"잠깐! 잠깐 멈춰봐요! 저 사람, 뭘 좀 먹여야 할 것 같아요."

에벌라이나는 밴조 옆에 봉지를 조심조심 내려놓았다. 밴조가 눈을 뜨고 에벌라이나를 바라보았다.

"아이고, 영광 할렐루야! 결국 난 죽었군요!"

에벌라이나가 쿡쿡 웃었다.

"좀 아파 보이긴 하지만 아주 멀쩡히 살아 계세요."

"그렇다면 어째서 천사가 날 굽어보고 계실까요?"

에벌라이나는 얼굴을 붉혔다. 그때 포지가 끼어들었다.

"이 아저씬 나보고도 천사라고 했어. 아무래도 좀 미친 사람 같아."

"누가 물어봤니?"

에벌라이나가 새침하게 대꾸했다.

밴조는 봉지를 들어 올리고는 힘없이 흔들었다.

"이겁니다! 천사가 아니고서야 이런 것을 내게 내릴 리 없지요."

에벌라이나는 손사래를 쳤다.

"아유, 별거 아니에요. 그냥 햄샌드위치 두 개 넣었어요."

"햄샌드위치요? 내가 좋아하는 건 줄은 또 어찌 아시고. 아름다운 천사가 몸소 배달해 주시기까지! 오늘이 이렇게 좋은 날일 줄이야 누가 생각이나 했을까요?"

밴조는 봉지에 코를 박고 냄새를 한껏 들이마시더니 눈을 지그시 감고 만족스러운 한숨을 내쉬었다. 그러고는 에벌라이나를 바라보며 말했다.

"난 다시 올 겁니다, 천사 아가씨. 저 숲에 아직 볼일이 남았거든요."

"그나저나 저기서 무슨 일이 있었던 거예요?"

에벌라이나의 물음에 밴조는 있지도 않은 모자챙을 잡는 시늉을 하며 대답했다.

"그 일은 돌아와서 말씀드리지요."

그 말을 끝으로 밴조는 구급차 안으로 사라졌다. 에벌라이나와 포지, 폭찹, 월터는 구급차가 자갈길을 덜컹대며 달려 고속도로로 접어드는 것을 지켜보았다.

그날 오후 집으로 돌아가는 길, 월터는 생각할수록 신기했다. 어제까지만 해도 정말 심심했었는데, 형의 빈자리가 그렇게 컸었는데, 오늘은 정신없고 놀라운 사건이 벌어진 데다 살짝 재밌기까지 했다.

집에 돌아와 보니 엄마는 식탁에 앉아 그린빈스를 똑똑 다듬어 냄비에 휙휙 던져 넣고 있었다.

"옆집엔 대체 무슨 일이라니?"

월터는 하늘에서 떨어진 남자 얘기를 들려주었다.

"하늘에서 떨어졌다고? 허풍이겠지."

똑.

휙.

"그 아저씨가 나랑 포지한테 직접 한 얘기예요. 뭐, 미친 사람이거나 거짓말쟁이거나 둘 다겠지만."

똑.

휙.

월터는 한숨을 쉬었다. 요즘 엄마는 늘 시무룩했다. 형이 곧잘 하던 농담이라도 해주고 싶었지만 이상하게도 기억나는 게 하나도 없었다.

월터는 헛간으로 가서 형의 트럭 주위를 천천히 돌며 손볼 데가 있는지 꼼꼼히 살펴보았다. 보닛 위에 쥐똥도 없고 거울에 거미줄도 없었다.

월터는 바구니에서 낡은 수건을 꺼내 바퀴 흙받기에 묻은 손자국을 닦아냈다. 그런 다음 몇 발짝 물러서서 번쩍이는 트럭을 바라보며 감탄했다.

형의 가장 친한 친구인 레스터 형이 트럭 양 옆면에 주황색 불꽃을, 뒷문에 번개를 그려놓았다. 형은 뒷유리창에 'Bad to the Bone' 스티커를 붙였는데 엄마가 길길이 뛰면서 떼버리려고 했었다. 그래도 아직 'the Bone'이 붙어 있었다. 룸미러에는 어떤 누나의 목걸이가 걸려 있었다. 금줄에 편자 모양 장식이 달린 목걸이였다.

월터는 운전석에 앉은 형의 모습이 눈에 선했다. 형이 모는 트럭의 조수석에 앉아 시내 중심가를 달렸던 것이 마치 어제 일처럼 느껴졌다. 굉음을 내며 빠르게 내달리는 트럭을 향해 하모니의 어른들은 눈살을 찌푸렸는데, 형은 그런 광경을 보고 씩 웃으며 월터에게 윙크를 날렸었다.

형은 밤마다 고등학교 친구들과 모여 노는 급수탑에 가끔 월터를 데려가기도 했다. 늘 월터는 형의 모든 행동을 지켜보았다.

형은 다른 형들과 주먹 인사를 나누었고 누나들과 다정하게 대화했다. 언젠가 집으로 오던 길에 형은 월터의 팔을 쿡 찌르고는 "야, 형 잘나가지?"라며 으스댔다.

잘나가는 형과 다시 한번 트럭을 타고 급수탑까지 질주할 수만 있다면 월터는 무엇이든 기꺼이 내줄 것이다.

그날 밤, 월터는 또 그 꿈을 꾸었다.

똑같은 생일 케이크.

똑같은 사람들.

엄마가 만든 버터크림 케이크 위로 촛농을 떨어뜨리는 열한 개의 촛불.

형이 하는 말.

"촛불 꺼라, 꼬맹아. 그러면 내 세상을 보여주마."

촛불을 내려다보며 숨을 들이켜는 순간, 언제나 그러듯 월터는 잠에서 깼다.

텃밭 옆 접이식 의자에 누워 있던 엄마가 부스스 일어났다.

"저게 뭐야?"

월터는 오이 따던 손을 멈추고서 엄마의 시선이 향한 곳을 바라봤다.

막 고속도로를 벗어나 마을로 통하는 자갈길로 진입한 낡아 빠진 픽업트럭 한 대가 시커먼 연기를 뿜어대며 털털털털 다가오고 있었다. 엔진에서 쿨럭쿨럭, 푸슉푸슉, 심상찮은 소리가 났다. 트럭은 월터네 집을 지나쳐 포지네 집 앞에 섰다.

월터와 엄마가 멀거니 쳐다보는 가운데 트럭은 이만 숨을 거둘 기세였다.

쿨럭, 마지막 연기를 토해냈다.

부르르, 마지막 몸부림을 했다.

끼익, 트럭 문이 열리고 운전사가 나왔다.

밴조였다.

월터는 꼬부라진 콧수염을 한눈에 알아보았다. 게다가 텃밭을 사이에 둔 이쪽에서도 크고 벌건 혹이 되어버린 눈두덩이가 똑똑히 보였다. 한쪽 발의 파란색 깁스도 눈에 띄었다. 밴조는 낑낑대며 양쪽 겨드랑이에 목발을 끼웠다.

엄마가 물었다.

"원, 세상에. 저게 누구야?"

월터가 자신 있게 대답했다.

"밴조예요. 하늘에서 떨어진 아저씨요."

월터는 냅다 마당을 가로질러 달려갔다. 팔을 흔들며 "밴조 아저씨!"하고 목 놓아 불렀다.

밴조는 고개도 들지 않았다. 목발에 몸을 의지한 채 길 한쪽으로 절뚝절뚝 걸어가며 뭔가 중얼거렸는데 입 모양으로 보아 욕인 것 같았다.

느닷없이 포지가 현관 방충망을 젖히며 튀어나왔다. 물론 폭참도 왈왈대며 따라 나왔다. 포지는 현관 아래로 한 번에 껑충 뛰어 내려서는 밴조에게로 달려가다가 미끄러지듯 멈춰 섰다. 포지의 발길에 밀린 자갈들이 도로변 배수로로 와그르르 굴러떨어졌다.

폭참은 밴조 앞에 떡하니 서서 그르렁대거나 허공에 대고 무는 시늉을 했다.

밴조도 멈춰 서서 한쪽 목발을 허공에 휘두르며 소리쳤다.

"이것 봐, 아가씨! 저 다리 셋인 벼룩덩어리 좀 썩 치워!"

포지가 앉으라는 신호를 보내자 폭찹은 얌전히 앉았다. 여전히 밴조를 노려보며 나직이 그르렁대기는 했지만 말이다.

포지는 눈을 가늘게 뜨고 밴조를 위아래로, 지저분하게 엉킨 머리칼부터 발의 깁스까지 죽 훑어보았다.

"어제보다 딱히 나아 보이지도 않네요."

밴조는 목발에 체중을 싣고서 포지를 노려보며 퉁명스럽게 대꾸했다.

"이봐, 절뚝발이한테 시비 걸면 안 된다는 거 모르냐? 내가 지금 누구랑 놀아줄 기분이 아니야."

밴조는 처량한 눈으로 깁스를 내려다보았다.

포지는 손가락으로 밴조를 쿡 찔렀다.

"여긴 왜 왔어요? 그리고 어디 살아요?"

밴조는 깁스한 발을 땅바닥에 딛다 움찔했다.

"망할, 아가씨! 이거 안 보……."

"내 이름은 포지예요."

밴조는 찡그린 눈으로 포지를 쳐다봤다.

"그러냐?"

이내 밴조의 시선은 포지 너머의 집으로 향했다.

"우리 천사 아가씨는 어디 계시지?"

포지는 눈동자를 굴리며 입김을 위로 훅 뿜어 앞머리를 흩뜨렸다.

"에벌라이나 말인가요? 그렇다면 내가 확실히 보증하는데요. 그 아줌만 천사가 아니에요."

바로 그때 에벌라이나가 집 밖으로 나와 눈썹을 올리며 물었다.

"무슨 일이니?"

밴조는 우뚝 서서 꿈꾸는 듯한 눈길로 에벌라이나를 바라보았다. 한쪽 목발을 땅에서 떼고는 어정쩡하게나마 묵례까지 보냈다.

"주빌레이션 T. 페어웨더, 일명 '밴조'가 그대에게 진심 어린 인사를 전합니다. 그대 덕에 이 지치고 늙은 눈동자가 가장 아름다운 천사를 바라보는 행운을 다 누립니다그려."

포지는 웩 소리를 내고는 "아, 제발!" 하며 진저리를 쳤다.

밴조가 에벌라이나를 향해 절뚝절뚝 걷기 시작했다. 월터와 포지, 폭찹도 밴조를 뒤따랐다.

가까스로 현관에 도착한 밴조는 "끙" 하고 신음하며 맨 아래 계단에 털썩 주저앉았다.

"내가 온 까닭을 말씀드리지요."

포지가 월터 쪽으로 고개를 젖히며 말했다.

"이거 재밌겠는걸?"

포지와 월터는 계단에 앉았고 에벌라이나는 현관 그네에 몸을 실었다.

　밴조가 목청을 가다듬었다.

　"일단 여러분 모두에게 짧게 요약한 얘기를 들려드리겠소이다. 긴 얘기는 저 그네에서 보낼 별밤을 위해 아껴두겠소."

　밴조는 에벌라이나에게 윙크를 날렸고 그 모습을 본 포지는 고개를 절레절레 흔들었다.

　밴조가 손끝으로 콧수염을 비벼 말았다.

　"짧은 얘기는 내가 밴조라 불리게 된 사연으로 시작하겠소. 내겐 형님이 다섯이 있소. 하나같이 뱀처럼 교활한 인간들이라 잠시도 날 가만두지 않았다오. 허구한 날 날 못 퉁겨먹어 안달이었지."

여기까지 말하고 밴조는 월터와 포지 쪽으로 고개를 쑥 들이밀었다.

"날 '퉁겨'먹었다, 이거야. 응? 알겠어?"

월터의 입이 헤벌쭉 벌어졌다.

"아, 네! 알겠어요. 밴조를 퉁겼다고!"

밴조가 쿡쿡 웃었다.

"나의 돌아가신 모친께서 친히 붙여주신 이름이지."

밴조는 한 손을 가슴에 얹었다.

"부디 편히 영면하시길."

포지는 심드렁하게 밴조를 쳐다봤지만 현관에 매달린 그네에 앉아 무심코 맨발을 앞뒤로 밀던 에벌라이나는 고개를 주억이며 자신도 손을 가슴에 얹었다.

밴조의 얘기가 이어졌다.

"어쨌든 못된 다섯 형은 클랙스턴의 가족 농장에 눌러앉았소. 하지만 난? 한두 푼이라도 벌 수 있는 나이가 되자마자 그 집을 나왔소. 이후로는 쭉 저기 파인산에서 평화롭고 고독한 삶을 즐겼다오."

밴조는 잠시 얘기를 끊고 자부심 넘치는 표정으로 한 명 한 명과 눈을 마주쳤다. 그런 다음 상처투성이인 두 손을 흔들어 보이며 얘기를 계속했다.

"험한 데서 살다 보니 손이 이렇게 됐소이다. 덧붙이자면 이 아늑한 집에서 그리 멀지 않은 곳이라오."

에벌라이나는 킥킥 웃었지만 포지는 툴툴거렸다.

"도대체 본론은 언제 나오는 거예요?"

밴조는 또 한 번 콧수염을 비벼 말고 얘기를 이어 나갔다.

"정신을 예리하게, 손을 바쁘게 유지하고자 난 이름하여 '밴조의 대담무쌍한 모험' 프로젝트에 몰두해 왔소."

월터는 휘둥그레진 눈으로 포지를 쳐다봤지만 포지는 시큰둥하게 손톱을 만지작거리며 하품하는 척했다.

"어떤 대담무쌍한 모험인데요?"

월터의 질문에 밴조는 반색했다. 짐짓 엄숙하게 심호흡을 하고서 답했다.

"거참 반가운 질문이로구나. 아주 오랫동안 나는 세상에서 가장 아름답고 또, 확신하건대 세상에서 가장 빠른 열기구를 만들었단다."

이 말에는 포지도 입을 딱 벌리며 월터를 홱 돌아보았다.

물론 월터도 입을 다물 수 없었다.

"우와! 열기구?"

월터는 짜릿한 흥분에 휩싸였다. 이토록 엄청난 모험일 줄은 정말이지 꿈에도 예상하지 못했다.

밴조가 말했다.

"그래, 맞아. 세상에서 가장 빠른 열기구야."

포지는 눈썹을 한껏 올렸다.

"세상에서 가장 빠르다고요?"

밴조는 고개를 쳐들고 포지에게 눈총을 쏘았다.

"아니, 널 온통 에워싼 그것은 바로 의심이렷다?"

밴조는 포지 쪽으로 몸을 기울이고 부드럽게 이어 말했다.

"내 얘기를 잘 들어요, 포지 아가씨. 그럼 의심 따위는 뱀이 허물 벗듯 깨끗이 벗겨질 테니."

그러고는 허리를 곧추세우고 손을 올리더니 검지를 척 들었다.

"우선, 나는 메이컨 카운티 열기구 협회의 자랑스러운 정회원이 되었소. 거기서 열기구에 대해 알아야 할 모든 것을 배웠지. 배울 만큼 배운 다음엔 직접 열기구를 만들었소. 애틀랜타 인근의 한 방직공장이 문을 닫을 때 거기서 공업용 재봉기를 샀다오. 그걸로 일곱 빛깔 무지개색 바탕에 은색 별과 금색 달이 총총히 박힌 열기구를 만들었지. 한 땀 한 땀, 한 조각 한 조각에 애정을 듬뿍 담아 세심히 신경 쓰며 조립했소. 난 그 열기구를 '스타캐처'라 명명했다오."

밴조는 가슴을 움켜쥐며 한탄했다.

"오클리에서 열릴 메이컨 카운티 키그랩 날만을 내 손꼽아 기다렸건만."

월터가 물었다.

"키그랩이 뭐예요?"

"키그랩은 말이오, 젊은이. 열기구 경주 대회라오. 아주 높은 장대 꼭대기에 매단 열쇠를 먼저 잡는 사람이 빛나는 새 픽업트럭을 얻는다, 이거요. 물론 그 트럭은 나, 주빌레이션 T. 페어웨더의 것이 될 운명이고."

밴조는 말해 무엇 하냐는 듯 월터를 향해 고개를 끄덕끄덕했다.

"불행히도 운명 앞에서 그만 사소한 장애에 부딪히고 말았소."

밴조는 침울하게 깁스를 내려다보았다.

"더없이 불행한 사고였다오. 난 크고 아름다운 내 열기구로 시험 비행에 나섰소. 열기구는 조지아의 하늘로 두둥실 떠올랐고, 유유히 떠다니는 동안엔 인생이 참 아름다웠지. 하지만 눈 깜짝할 사이에 날씨가 돌변했소. 난데없이 엄청난 돌풍이 휘몰아치는 통에 눈도 뜨기 어려울 지경이었다오. 그러다 열기구가 강 쪽으로 밀려가기 시작했소."

월터와 포지의 몸이 절로 밴조 쪽으로 기울었다. 에벌라이나는 무릎에 양손을 얹은 채 계속 흔들흔들 그네를 탔다.

"차츰 강이 가까워졌소. 그러다 어느 순간……."

밴조는 극적인 분위기를 조성하며 잠시 뜸을 들이다가 얘기를 이었다.

"어느 순간, 뭐가 잘못됐는지 내 소중한 열기구가 하강하기 시작했소. 아래로, 아래로, 아래로 강을 향해 내려가는 거요. 강물이 점점 가까이 다가오는 걸 보면서 내가 할 수 있는 모든 조치를 취

했지만 내 사랑 스타캐처는 도무지 말을 듣지 않았소."

밴조는 머리를 흔들며 한숨을 푹 내쉬었다.

월터는 가만히 기다렸다.

포지도 기다렸다.

에벌라이나도 기다렸다.

폭찹은 현관 계단에 꼬리를 탁 내려놓았다.

밴조가 이어 말했다.

"자, 이제 고백하지 않을 수 없겠구려. 난 수많은 재능과 기술과 능력을 타고난 사람이오만 수영만은 할 줄 모른다오."

밴조는 천천히 고개를 주억였다.

"제대로 들은 게 맞소이다. 나, 주빌레이션 T. 페어웨더는 수영을 못 해요."

포지가 팔짱을 꼈다.

"그래서요?"

"열기구가 강에 빠지려는 마당에 내가 할 수 있는 선택은 두 가지뿐이었소."

월터는 숨을 들이켠 채 멈추고는 눈을 똥그랗게 떴다.

포지가 엉덩이를 들썩이며 재촉했다.

"그 두 가지가 뭔데요?"

밴조가 포지를 쳐다봤다.

다음으로 월터를 봤다.

마지막으로 에벌라이나를 올려다봤다.

그러고서야 다시 입을 뗐다.

"뛰어내리든지 죽든지. 그래요, 뛰어내리든지 죽든지."

월터는 참았던 숨을 후우우 내쉬었다.

밴조가 고개를 끄덕였다.

"그래, 맞아. 뛰지 않으면 죽는 거지."

포지가 말했다.

"이해가 안 되는데요. 수영 못 한다면서요? 그럼 뛰어내려도 죽는 거잖아요."

밴조는 포지 쪽으로 몸을 바짝 기울였다.

"모르는 말씀. 난 강가 숲 쪽으로 몸을 던지면 살아서 내 얘기를 전할 가망이 있다고 봤다오. 그대로 강에 곤두박질치면 틀림없이 죽어서 다시는 이 축복받은 땅으로 돌아올 수 없을 테고."

월터가 물었다.

"그래서 어떻게 됐어요?"

"열기구는 계속 하강했소. 아래로, 아래로, 아래로."

월터가 탄식했다.

"세상에."

에벌라이나도 탄식했다.

"어머나, 어떡해."

포지가 잘라 말했다.

"그래서 뛰어내렸군요."

밴조는 포지를 향해 한쪽 눈을 찡긋했다.

"그래요, 포지 아가씨. 뛰어내렸답니다."

밴조는 현관 계단에 널브러진 막대기를 주워 깁스 안으로 쑤셔 넣더니 어딘가 가려운지 벅벅 긁었다.

밴조는 에벌라이나를 올려다보며 미소 지었다.

"인생이란 참 재미있지 않나요? 일이 이렇게 풀리다니요. 한순간 천국의 문턱에서 성 베드로를 뵐 각오를 하고 있었는데, 정작 이렇게 이승에서 햄샌드위치를 싸 들고 온 지상의 천사를 만났으니까요."

포지가 울부짖었다.

"아우, 미치겠네! 근데 아저씨, 제일 중요한 얘기를 빼먹은 것 같은데요?"

"중요한 얘기라, 그게 뭘까? 열기구는 어디에 있냐, 이거?"

밴조는 포지를 콕 찌르며 내처 말했다.

"그러니까요, 아가씨. 바로 그래서 내가 이 천국의 한 조각 같은 곳으로 돌아왔다는 거 아닙니까."

밴조는 자못 장엄하게 두 팔을 활짝 펼쳤다.

"내 열기구를 찾으러요."

짧은 세 다리로 폴짝폴짝 뛰어가는 폭찹을 앞세우고 월터와 포지가 숲속을 헤치며 나아가는 동안 밴조는 연방 씩씩대고 끙끙대고 툴툴댔다. 이따금 쓰러진 나무나 가시덤불을 맞닥뜨리면 밴조의 입에선 어김없이 몇 마디 욕이 새어 나왔다.

월터는 밴조가 뒤처지지 않게 천천히 걸었지만 포지는 거침없이 앞서갔다. 그들은 밴조를 처음 발견했던 단풍나무로 이어진 좁은 길을 다시 짚어 가는 중이었다. 정확한 지점을 찾아낸다면 밴조가 뛰어내린 뒤 열기구가 어느 방향으로 갔고 어디쯤 내려앉았는지 파악할 수 있을지도 몰랐다.

밴조가 고함쳤다.

"좀 천천히 가지, 아가씨?"

포지도 고함쳤다.

"싫어요!"

밴조는 꼬질꼬질한 손수건으로 목덜미의 땀을 닦아내며 월터에게 안쓰러운 눈빛을 보냈다.

"참 제멋대로인 여자 친구를 뒀군그래."

"음, 여자 친구 아닌데요."

"정말?"

"네."

"저 아가씨가 키우는 시끄러운 강아지는 대체 뭔 일을 당한 거냐? 내가 삼촌하고 토끼 잡으러 다닐 때 이래로 다리 셋인 개는 본 적이 없다."

월터가 뭐라 답할 새도 없이 저만치 앞에서 포지가 소리쳤다.

"여기 있다!"

그 말에 월터는 냅다 달려갔고 밴조는 숨을 헉헉 몰아쉬며 절뚝절뚝 뒤따라갔다.

월터가 보이자 포지는 낙엽과 솔잎 더미에 대고 코를 미친 듯이 킁킁대며 짖는 폭찹을 턱으로 가리켰다.

"저기에 아저씨가 있었어."

그러고서 포지는 어딘가를 손가락으로 가리키며 "파인산은 저쪽"이라고 말하고 반대쪽을 가리키며 "강은 저쪽"이라고 알렸다.

월터는 포지가 가리키는 방향을 실눈으로 살폈다.

"확실해? 파인산은 저쪽인 줄 알았는데."

그제야 밴조가 금방이라도 쓰러질 듯 거칠게 숨을 몰아쉬며 나타나서는 헛기침하며 투덜댔다.

폭찹이 쿵쿵거리길 멈추고 목구멍 깊숙한 곳에서 끌어올린 그르렁 소리를 내뱉었다.

밴조가 말했다.

"이제 거기 둘, 빌어먹을 1분만 딱 기다려라. 내가 방향을 잡으마. 그리고 저 화난 개는 내 곁에 얼씬 못 하게 해."

포지는 팔짱을 꼈다.

"폭찹은 내가 시킬 때만 물어요. 그리고 어쩌다 보니 지리도 내 전문이거든요."

월터가 눈썹을 치켜세우는 사이 밴조가 선수를 쳤다.

"하!"

포지는 굴하지 않았다.

"둘 중 아무나 대답해 봐요. 미국의 정중앙이 어디인지 아는 사람?"

밴조가 월터를 돌아보며 말했다.

"대답하지 마. 쟤도 그냥 떠보는 걸 거야."

포지는 팔짱을 풀고 차렷 자세를 취한 뒤 턱을 치켜들고 당당히 말했다.

"미국의 정중앙이 캔자스주 스미스 카운티 동부의 한 지점인 줄 아는 사람이 많아요. 위도 39도 50분, 경도 98도 35분. 왜냐면 거기에 그렇다고 적힌 표지판이 있거든요."

포지는 한껏 우쭐대는 얼굴로 월터와 밴조를 번갈아 쳐다봤다.

"하지만 1959년 알래스카가 미국으로 편입된 뒤 미국의 중앙은 사우스다코타로 옮겨졌지요."

밴조가 중얼거렸다.

"아이고, 머리야."

월터가 "『지식의 조각들』?" 하고 묻자 포지는 고개를 끄덕하며 "응" 하고 대답했다.

밴조는 목발을 내팽개치고 그새 꼬질꼬질해진 깁스를 앞으로 뻗으면서 끄응 길게 신음하며 앉았다.

"이봐, 젊은이. 인정하긴 싫지만 자네 친구 말이 맞는 것 같네. 파인산은 저쪽이야. 강은 저쪽이고. 그러니 자네들이 저쪽 숲길로 쭉 가보게나. 한 30분 정도 걸어가면 내 열기구가 있는 데에 도착할 거야."

포지의 얼굴이 빨갛게 달아오르면서 하트 모양 반점도 짙은 자주색으로 물들었다.

"제정신이에요? 월터랑 나더러 저 숲속을 30분이나 헤매라고요? 안 그래, 월터?"

월터는 밴조에게 버릇없이 굴고 싶지 않았지만 포지의 말이 백번 옳다고 생각했다. 열기구를 찾고 싶은 마음이 아무리 굴뚝같아도 저 울창한 숲속을 헤치며 강까지 가는 일은 그다지 재미있을 것 같지 않았다.

월터는 포지를 향해 고개를 끄덕하고는 밴조에게 미안하다는 눈빛을 보내며 한마디 거들었다.

"게다가 열기구가 강에 빠졌다면 지금쯤 플로리다 쪽으로 멀리 흘러갔을 거예요."

밴조는 고개를 저었다.

"이런, 세상이 어찌 되려는고. 몸 성한 젊은이가 둘이나 있건만 다치고 절뚝대는 신사가 가장 소중한 물건을 찾겠다는 걸 도와줄 수 없다니. 선량한 신사의 평생 꿈인데. 근 2년간 피와 땀과 눈물을 쏟아 만든 작품인데."

밴조는 또다시 고개를 저으며 슬픈 얼굴로 하늘을 올려다봤다.

"꿈을 이루게 도와줄 친절한 두 영혼을 찾아냈다고 생각한 순간에 현실이 내 세상을 무참히 짓밟는구나. 이 세상에 선은 없어. 고통과 절망뿐이지."

월터는 물밀듯 밀려드는 죄책감에 고개를 들 수 없었지만 포지는 그 어느 때보다 크게 눈알을 희번덕댔다.

"나 참, 작작 좀 하세요."

밴조는 두 사람을 향해 손을 내저었다.

"됐다, 됐어. 이제부터 내가 알아서 하마. 너희 둘은 가라. 아무것도 안 해줘서 참 고오맙다."

포지가 말했다.

"그렇게 갓난아기처럼 징징대고 보채는 어른은 생전 처음 봤네요. 열기구 찾을 방법이 생각났어요. 아저씬 혼자 실컷 불쌍한 척하며 노세요."

그러고서 포지는 휙 돌아 숲속으로 사라졌고 폭찹도 냉큼 폴짝폴짝 따라갔다. 어리둥절한 월터와 밴조를 남겨두고서.

월터의 마음속에 불현듯 포지를 향한 존경심이 물씬 솟구쳤다. 포지는 어른인 밴조가 뭐라고 하든 절대로 휘둘리지 않을 것이다. 역시 포지는 '괴롭힘 사절'을 몸소 실천하는 정의의 투사였다.

월터는 다짐했다. 8월 중순에 새 학기가 시작되면 자신도 하모니 초등학교에 당당히 들어가 정의의 투사로 활약하리라.

하지만 당장은 밴조를 부축해 일으키고 포지가 대체 어떤 생각을 떠올렸는지 알아내는 게 급선무였다.

밴조의 트럭이 부릉부릉하더니 푸르르 떨었다. 덜컹덜컹 흔들리고 끼익끼익 쇳소리까지 내면서 배기관으로 시커먼 연기를 쿨럭쿨럭 뿜었다.

밴조는 갖은 욕을 해대며 주먹으로 운전대를 쾅 내려쳤다. 그래도 트럭은 시동이 걸리지 않았다.

월터와 포지는 밴조 옆에 앉아 있었다. 포지의 무릎에 몸을 말고 앉은 폭찹은 마냥 흡족한 표정이었다.

포지가 말했다.

"아, 환장하겠네."

월터가 물었다.

"이제 어떡하지? 열기구는 어떻게 찾아?"

원래 계획은 강변을 따라 난 14번 고속도로를 달리면서 창밖을 살펴 밴조의 열기구를 찾아볼 셈이었다.

포지가 열기구가 착륙했을 가능성이 가장 큰 지점을 계산해 종이봉투에 파란 크레용으로 지도를 그려 표시해 놓았다. 밴조는 "아무래도 저 계산은 심히 미심쩍어"라며 고개를 저었지만 결국엔 운전을 맡는 데 동의했다.

그런데 이제 와서 트럭이 속절없이 퍼져버렸다.

밴조가 말했다.

"걱정 마라, 젊은이들. 주빌레이션 T. 페어웨더는 언제나 차선책을 마련해 두는 사람이니."

포지가 눈썹을 바짝 올렸다.

"무슨 차선책이요?"

"그게, 음……."

갑자기 밴조는 눈동자를 휙휙 바삐 움직이더니 잠시 후 손가락을 탁 튕겼다.

"에벌라이나!"

호기롭게 외친 밴조는 포지와 월터를 번갈아 보며 씩 웃었다.

"에벌라이나요?"

포지가 묻자 밴조는 고개를 끄덕였다.

"그래, 에벌라이나. 우리 천사 아가씨도 차가 있겠지, 그렇지?"

"그래서요?"

"물론 운전도 하시겠지, 그렇지?"

"그래서요?"

"그래서 뭐냐, 내가 조지아의 옥수숫가루 전부를 걸겠다는 거지. 내 장담하는데 에벌라이나는 내가 대담무쌍한 모험의 꿈을 이루는 데 한 발짝 더 다가갈 수 있도록 기꺼이 도와줄 거야. 열기구를 찾을 수 있도록 운전해 줄 거라고. 그럼 난 트럭을 고친 다음 사랑하는 스타캐처를 건져 올리는 거지."

포지가 딴지를 놓았다.

"어머나, 이를 어쩌나. 내가 한평생 에벌라이나랑 같이 살았거든요? 정확히 10년 6개월 2주에 약 4일 됐네요. 그래서 나도 장담하는데요. 에벌라이나는 아저씨의 대담무쌍한 모험에 되도록 끼고 싶지 않을 거예요."

포지는 엄지로 집 쪽을 가리키며 내처 말했다.

"저 아줌마는 완전히 제정신이거든요. 너무너무 제정신이에요."

밴조가 발칵 성을 냈다.

"누군 제정신이 아니고? 넌 그렇게 생각하신다? 제정신? 좋아, 그렇다면 나랑 월터 둘이서 내 대담무쌍한 모험을 이어갈 방도를 찾아보겠다."

밴조는 월터의 어깨를 툭 치며 "그렇지, 젊은이?" 하고 동의를 구했다.

"어, 그게, 저는……."

월터는 더듬더듬 말을 흐렸다.

물론 월터는 밴조가 좋았다. 하지만 포지 없이 자신만 대담무쌍한 모험에 참여할 거라는 밴조의 확신에는 동의할 수 없었다. 어쨌든 모험이라면 포지가 어울리지 월터가 자신 있게 나설 만한 일은 아니었다.

포지는 트럭 문을 홱 잡아당겨 폭찹이 폴짝 뛰어내리게 한 뒤 자신도 트럭에서 내렸다. 그러고는 트럭 문을 힘껏 쾅 닫았다.

"잘들 해보세요!"

포지는 콧대를 한껏 세우고 팔을 앞뒤로 힘차게 흔들며 마당을 가로질렀다. 현관 계단을 쿵쿵 밟고 올라가더니 폭찹과 함께 집 안으로 쏙 들어가 버렸다.

월터와 밴조는 잠자코 앉아 있었다. 파리 한 마리가 트럭 안으로 날아들더니 앞 유리에 붙어 미친 듯이 윙윙거렸다.

밴조가 미간을 모았다.

"거참, 난감하구먼."

월터가 고개를 끄덕였다.

"그러네요."

"뭐 좋은 생각이라도?"

"없는데요."

"나도 없다."

앞 유리에 붙은 파리는 한참을 부산스럽게 윙윙대다가 월터 쪽의 열린 창을 통해 용케 빠져나갔다.

한여름 열기에 섞인 정적이 마치 담요처럼 두 사람을 뒤덮었다.

얼마 후 밴조의 머리가 뒤로 휙 젖혀져서 월터는 흠칫 놀랐다. 더욱 놀랍게도 밴조는 그 자세 그대로 코를 골기 시작했다.

드르렁, 깊고 걸걸한 코골이에 이어 푸우, 내쉬는 숨에 밴조의 콧수염이 파르르 떨렸다.

월터는 천천히 트럭에서 나와 조용히 문을 닫고 집으로 향했다.

월터는 집에 가면 형의 방에 들어가 한동안 앉아 있을 생각이었다. 자주 하는 일이었다. 그 방에 있다 보면 야구공을 양손에 번갈아 던지거나 어떤 누나와 통화하는 형의 모습이 보이는 것만 같을 때가 있었다.

하지만 방문을 열고 들어서는 순간 월터는 숨이 멎을 뻔했다. 눈앞의 광경은, 형의 것이었던 그 방의 현재 모습은 그야말로 충격과 공포 그 자체였다.

형의 미식축구 대회 우승컵이 즐비했던 선반이 비어 있었다. 오토바이 잡지와 빈 감자칩 봉지가 널브러져 있던, 형이 흠집 낸 자국으로 가득했던 책상 위도 깨끗했다.

누군가가 배 속을 쥐고 비트는 느낌이었다. 다리가 덜덜덜 떨려왔다.

월터의 시선이, 아빠가 한 시간 간격으로 방문을 쾅쾅 두드리거나 말거나 온종일 죽은 듯이 잠만 자던 형의 침대로 향했다. 아무렇게나 말린 이불과 흠씬 두들겨 맞은 듯한 베개가 있던 침대 머리맡에 꽃무늬 이불과 코바늘로 뜬 알록달록한 담요가 가지런히 접혀 있었다.

햇빛을 막으려고 형이 창문에 못 박아 놓았던 담요도 온데간데 없고 그 자리에 하얀 레이스 커튼이 달려 있었다.

월터는 눈을 지그시 감고 심호흡했다. 옷장 문손잡이를 가만히 쥐고 숫자를 셌다.

하나.

둘.

셋.

옷장 문을 열고 안을 들여다봤다. 아무것도 없었다. 미식축구 유니폼도, 가죽 재킷도.

불과 이틀 전만 해도 월터는 형이 어질러놓은 침대에 앉거나 형의 우승컵을 손에 들었으며 심지어는 형의 재킷을 입어보기도 했었다.

그런데 지금은?

펑! 전부 다 사라졌다.

형이 남긴 모든 것을 엄마가 치워버렸다.

월터는 부리나케 헛간으로, 형의 트럭으로 달려갔다.

트럭 안으로 올라가려는 찰나 헛간 한구석 잔디깎이 옆의 무언가가 눈에 띄었다. 형이 겉면에 검은색 마커로 이름을 적어놓은 종이 상자가 쌓여 있었다.

월터는 회오리처럼 거센 분노를 느꼈다. 그 분노는 이내 월터의 가슴을 쿵 때렸다. 엄마가 어떻게 이럴 수 있지? 형의 물건들을 저렇게 내던져두다니! 어떻게 형의 흔적을 이런 식으로 지워버릴 수 있어? 마치 이 집에 형이 산 적도 없었다는 듯이!

월터는 트럭 운전석에 올라타고는 속삭였다.

"탱크 형."

그러고는 시동을 걸었다. 엔진이 경쾌하게 작동하는 동안 월터는 형의 카드를 섞고 천 주머니 속 동전을 세었다. 'Born to Be Wild' 열쇠고리를 짤랑짤랑 흔들어보고 형의 선글라스를 써보았다. 형이 하던 것처럼 룸미러에 대고 엄지를 척 올려보기도 했지만 형처럼 멋있어 보이지는 않았다.

조수석 서랍에서 편지 봉투를 꺼내 형이 휘갈겨 쓴 이름과 주소를 들여다보다가 울컥, 분노와 슬픔이 뒤섞인 복잡한 감정이 솟구쳤다.

형은 왜 그렇게 하모니를 떠나고 싶어 했을까? 군 생활이 정말 그렇게 훨씬 더 좋았을까? 아무리 그래도 그렇지 해외 전쟁터로 싸우러 가면서 어떻게 동생한테 작별 인사도 하지 않을 수 있어?

집에 왔다 가기로 약속해 놓고선. 내가 형을 얼마나 사랑했는데!

월터의 마음을 가장 아프게 찌르는 의문은 따로 있었다.

'형은 하모니로 돌아올 마음이 있기는 했을까?'

봉투를 쥔 월터의 손이 바들바들 떨렸다. 열어볼까? 어쩌면 이 마지막 편지에 형은 월터가 듣고 싶은 말을 전했는지도 모른다.

하모니가 그립다고.

집에 가고 싶다고.

하지만 아니라면?

봉투를 다시 조수석 서랍에 휙 던져 넣고서 월터는 두 손으로 운전대를 잡고 허세를 부려보았다. 형처럼 크고 강인한 척했다. 작고 보잘것없는 월터가 아닌 척, 학교에서 놀림 받기는커녕 다들 친해지고 싶어 안달하는 인기인인 척, 그리고 이 운전대를 잡은 채 뒤도 돌아보지 않고 하모니를 떠나 신나게 내달리는 척했다.

하지만 허세도 잠시뿐 이내 월터는 엉엉 울고 말았다.

이튿날, 월터와 포지는 폭찹과 함께 현관 계단에 앉아 밴조의 불평을 듣고 있었다.

　"트럭 짐칸에서 잠자는 게 좋은 생각이라고 하는 사람이 있거든 내 눈에 띄지 말라고 해라."

　밴조는 두 손으로 등허리를 짚은 채 머리를 흔들며 한바탕 투덜댔다. 열린 보닛 아래로 머리를 쑥 집어넣어 엔진을 살피면서는 입속말로 또 투덜거렸다. 이따금 렌치로 뭔가를 톡톡 쳐보거나 호스를 흔들어보기도 했다.

　포지가 말했다.

　"연료펌프 문제일 거예요."

　월터도 말했다.

"아니면 기화기 문제거나."

월터 기억에 형의 트럭은 항상 기화기가 말썽이었다.

밴조는 렌치를 트럭 흙받기에 내려놓고 기름때 묻은 손을 작업복에 쓱쓱 문질렀다.

"흠, 다행이지 뭐냐. 트럭이 퍼졌는데 마침 자동차 박사님이 둘이나 계시는구나."

그러고는 고개를 살짝 숙이며 무대 인사라도 하듯 팔을 쭉 뻗었다.

"어서 이리 오시어서 직접 해보시지요, 천재 박사님들."

그때 에벌라이나가 집 밖으로 나와 외쳤다.

"페어웨더 씨, 괜찮으시다면 저도 한 말씀……."

밴조가 한 손을 번쩍 처들었다.

"그만! 부디 밴조라고 불러주세요, 천사 아가씨. 그리고 괜찮다마다요. 그대 마음 가는 대로 뭐든지 다 하십시오."

"아, 저는요……. 그러니까 이쯤 되면 수리공을 불러야 하지 않나 싶은데요."

"이런, 에벌라이나! 제가 바로 수리공입니다. 일개 어린아이였을 때부터 엔진을 만져왔어요. 침 좀 뱉을 줄 알기도 전에 구동 벨트 가는 법부터 익힌 몸입니다."

"좋을 대로 하세요"라고 대꾸하며 에벌라이나는 다시 집 안으로 들어갔다.

포지가 무시하는 투로 말했다.

"어릴 적 실력이 어디 가셨나 봐요."

밴조의 얼굴이 벌게졌다.

"이 트럭은 너희보다 어르신이다. 보닛 아래 점화플러그, 패킹, 호스 하나하나 다 내 손으로 오일 쳐서 닦아 끼우거나 수리하지 않은 게 없어."

밴조는 트럭 보닛을 다정하게 토닥였다.

"두고 봐라, 내 이 녀석을 금방 성가대처럼 노래하게 만들 테니."

포지가 핀잔을 날렸다.

"그토록 사랑하는 트럭이 있는데 왜 그렇게 키그랩 대회 상품에 목숨을 거실까나?"

"좋은 질문이다, 더할 나위 없이. 자, 트럭은 사람하고 같다. 영원히 살 수 없어. 수명을 다하면 그냥 가는 거야. 이 트럭은 오랫동안 보람찬 삶을 누렸지만 아무래도 갈 날이 얼마 남지 않은 것 같다. 그러니 나도 준비를 해야지."

밴조는 또 한 번 트럭을, 이번에는 흙받기를 다정하게 토닥였다.

"그게 바로 내가 새 트럭을 거머쥐어야 하는 이유다. 그래야 이 늙은 트럭이 마침내 편히 눈을 감고 천국의 폐차장에서 영원히 푹 쉴 수 있어."

그렇게 오후가 흘러갔다. 밴조가 트럭과 씨름하는 동안 포지는 월터에게『지식의 조각들』일부 내용을 읽어주었다.

"야, 이거 봐봐. 앵무새가 한 가장 긴 말이래. 어떤 사람이 장담하길 앵무새가「미국 독립 선언문」전체를 암송하는 걸 들었대. 믿어져?"

포지는 책장 한 부분을 손가락으로 콕 찔렀다.

"그리고 이거. 너, 소가 땀 흘린다는 거 몰랐지?"

소가 땀을 흘리든 말든 월터는 정말로 관심 없었다. 깔끔해진 형의 방이나 헛간 구석에 쌓인 상자들 말고는 아무 생각도 할 수 없었다.

그날 아침, 월터는 왜 그런 짓을 했느냐고 엄마에게 따지러 부엌으로 쿵쿵대며 들어갔다. 하지만 식탁에 쓸쓸히 앉은 엄마의 축 처진 어깨와 눈 밑의 짙은 다크서클을 보고선 차마 입이 떨어지지 않았다.

그래서 시리얼을 꾸역꾸역 퍼먹고 재빨리 집을 벗어나 트럭을 고치는 밴조를 구경하러 왔다.

"아하!"

느닷없는 밴조의 외침에 월터는 화들짝했고 폭찹은 "컹" 하고 크게 짖었다.

밴조가 두 팔을 번쩍 들며 말했다.

"배전기 캡이었어."

"그럼 나쁜 거예요?"

"아니다, 젊은이. 좋은 거야. 싸고 고치기도 쉽고. 이제 이 몸이 매력을 발산하면 우리 천사 같은 에벌라이나가 날 자동차 부품점까지 태워다줄 것이다. 그럼 난 트럭을 고치고 나의 대담무쌍한 모험을 이어갈 것이야."

월터가 발딱 일어섰다.

"아저씨! 좋은 생각이 떠올랐어요. 저랑 포지도 같이 가요. 에벌라이나 아줌마한테 저흴 채터후치 다리에 내려달라고 하는 거예요. 거기서부터는 강변 산책로가 있으니까요, 저희가 걸어가면서 열기구를 찾아볼게요."

"그거 아주 좋은 생각이로군."

이어서 밴조와 월터가 기대에 찬 눈으로 포지를 바라보았다.

포지도 고개를 끄덕였다.

"맞아, 좋은 생각이야."

포지는 밴조를 돌아보며 말했다.

"가보세요, 매력덩어리 아저씨. 너무너무 제정신인 에벌라이나를 한번 열심히 꼬드겨봐요."

에벌라이나의 차 뒷좌석에서 내린 월터와 포지, 폭찹은 시내를 향해 달려가는 차의 뒷모습을 지켜보았다.

밴조가 과연 상당한 매력을 충분히 발휘해 에벌라이나에게서 자동차 부품점까지 태워주겠다는 승낙을 얻어냈다.

월터는 강에서 집으로 돌아오는 길을 안다고 에벌라이나를 설득했다.

포지는 쌍안경을 챙겨 간다는 기막힌 생각을 해냈다.

월터와 포지, 폭찹은 강가 오솔길을 따라 걸었다. 걷다가 한 번씩 멈춰 섰고 그때마다 포지가 쌍안경으로 강 쪽을 샅샅이 살폈지만 밴조의 스타캐처는 흔적조차 보이지 않았다.

정오가 되자 햇볕이 뜨겁고 무겁게 내리쬐기 시작했다.

월터는 강둑에 앉아 목덜미를 훔치며 말했다.

"설마 열기구가 강물 아래로 가라앉은 건 아니겠지?"

포지는 폭찹을 들어 안고서 월터 옆에 있는 이끼 낀 흙바닥에 앉았다.

"아니야."

"어떻게 알아?"

월터의 물음에 포지는 어깨를 으쓱했다.

"그냥 감이지."

"물살에 휩쓸려서 저쪽으로 흘러갔으면?"

월터는 굽이굽이 흘러가는 강물에서 눈길이 닿는 가장 먼 데를 고갯짓으로 가리켰다.

하지만 포지는 꿋꿋했다.

"찾아낼 거야."

그런 포지를 바라보며 월터는 언제나 이렇게 자신만만한 이 아이에게 또 한 번 감탄할 수밖에 없었다.

그래서 자신도 최대한 확신에 찬 목소리를 끌어모아 말했다.

"그래, 찾아낼 거야."

당연히 월터는 포지의 감이 틀리지 않았길 바랐다. 평생에 걸쳐, 그러니까 10년 남짓 숲속을 돌아다니고 강둑을 탐색하며 놀았지만 열기구를 발견한 적은 단 한 번도 없었다.

실은 하늘에 떠가는 열기구도 본 적이 없었다. 그러니 구름을 헤치며 떠가는 스타캐처를 본다면 정말 대단하지 않을까 하고 월터는 생각했다.

포지가 일어나 폭찹의 코에 쪽 뽀뽀했다.

"집으로 가자."

포지는 곧장 월터네 집 텃밭으로 들어가 물을 틀었다. 호스 끝에 입을 대고 꿀꺽꿀꺽 물을 마시더니 다리에도 물을 뿌려 진흙을 털어냈다.

그런 다음 호스 끝을 폭찹 입가에 대주어 물을 핥아 마시게 하면서 월터에게 물었다.

"이제 뭐 할래?"

월터는 어깨만 으쓱했다.

별안간 포지가 발딱 일어나 헛간을 가리켰다.

"저기에 건초 다락도 있나?"

"어……, 응."

포지는 헛간 뒤편의 커다란 참나무를 턱으로 가리켰다.

"저 나무에 밧줄을 매달아서 타잔처럼 타고 놀자! 건초 더미로 뛰어내리는 거야."

월터가 눈 한 번 끔뻑할 새도 없이 포지와 폭찹은 냅다 헛간 쪽으로 내달렸다. 월터가 "잠깐!" 하고 외칠 틈도 없이 포지는 무작정 헛간 문을 열어젖혔다.

"후우우와!"

포지의 커다란 탄성이 날아들었고 월터는 이미 늦었다는 걸 알았다.

포지가 형의 트럭을 보았다.

월터가 헛간에 다다를 무렵 포지는 트럭 주위를 돌고 있었다.

포지는 반들반들한 트럭 옆면을 손바닥으로 훑었다. 반짝이는 은빛 보닛 장식을 쓰다듬었고 번개 그림을 손끝으로 따라 그렸다.

"만지지 마!"

월터의 고함에 포지는 화들짝 손을 떼고 놀란 눈으로 월터를 돌아봤다.

발그레한 홍조가 순식간에 포지의 목부터 뺨까지 번졌다.

"왜 그래?"

포지의 물음에 대답도 하지 않고 월터는 바구니에 있던 수건을 거칠게 잡아채 미친 듯이 트럭 옆면을 닦기 시작했다. 보닛 장식도, 번개 그림도.

월터는 얼굴이 홧홧했다.

손이 부들부들 떨렸다.

턱도 바르르 떨렸다.

울지 마, 라고 속으로 자신을 다그쳤다.

월터는 우는 대신 소리를 빽 질렀다.

"누가 함부로 들어와서 트럭에 손대래?"

포지는 먼지 쌓인 헛간 바닥으로 눈을 내리깔고서 평소답지 않게 기어들어 가는 목소리로 사과했다.

"미안."

그러고는 정적이 내려앉았다.

다락 창으로 비쳐든 한 줄기 햇살이 어둑한 헛간을 뚫고 매끄러운 트럭 보닛에 닿아 아른거렸다.

쿠궁, 쿠궁 심장 뛰는 소리가 월터의 귓전을 울렸다. 잔뜩 달아오른 얼굴의 열기가 느껴졌다.

월터는 손에 쥔 수건에 시선을 고정한 채 말했다.

"이건 탱크 형 트럭이야."

포지는 괜히 발끝으로 바닥을 쓸면서 애매하게 답했다.

"아."

월터는 한숨을 푹 쉬었다.

"그러니까 내 말은 이거 탱크 형 트럭이라고."

"아."

생전 처음 월터는 이 말을 입 밖에 냈다.

"탱크 형은 죽었어."

포지는 또 "아" 하고 답했지만 이번에는 질문을 덧붙였다.

"탱크 형이 누군데?"

"우리 형."

"이름이 탱크야?"

"몸집이 좋았거든. 몸이 완전 탱크라고 다들 그랬어."

월터는 포지에게 형 얘기를 해주었다.

형은 미식축구를 엄청 잘했어. 그래서 형한테 열광하지 않는 누나가 없었는데 딱 한 명, 레이신 리즈라는 누나만 예외였어. 하루는 그 누나가 머리끝까지 화가 나서 형한테 탄산수 캔을 집어 던지는 바람에 형 앞니가 깨졌지 뭐야.

나한테 손마디로 뚝뚝 소리 내는 법을 알려준 것도 형이야. 한번은 형이 젤리빈 샌드위치를 만들었어. 형이랑 나랑 같이 만든 요새로 가져가서 먹었지.

형은 채터후치 다리에서 다이빙도 했다? 뒤공중돌기로 말이야! 아, 그런데 법원 계단을 스케이트보드를 타고 내려오다가 쇄골이 부러진 적도 있어.

형은 이 트럭을 세상 무엇보다도 사랑했어. 입대할 때 나더러 잘 돌봐달라고 신신당부를 했지. 난 그러겠다고 약속했고.

그 후, 형은 해외 전쟁터로 나가서는…… 끝내 돌아올 수 없게 됐어.

월터는 천천히 눈을 들어 포지를 보았다. 원래 창백한 얼굴이 한층 더 하얘져 하트 모양 반점이 더 짙게 보였다.

포지가 거의 속삭이듯 나직이 말했다.

"너무 슬프다."

월터는 주먹을 꼭 쥐고 눈을 질끈 감았다. 울지 말라고 속으로 몇 번이나 되뇌었다.

하지만 울었다.

울컥 솟은 눈물이 기어이 두 뺨을 타고 흘러내렸다. 월터는 창피해서 얼굴이 화끈거렸다.

'이제 포지도 날 덜떨어진 애로 여기겠지. 아마 학교 식당에서 내 옆에 앉기 싫어하는 애들 편에 설 거야.'

하지만 상상도 못 한 일이 벌어졌다. 포지는, 월터의 팔에 손을 얹고 살살 토닥여주었다. 그 손길에 월터는 마음이 한결 가벼워진 느낌이었다.

포지가 말했다.

"내가 이사 와서 좋지 않니?"

물론이다. 월터는 포지가 와서 정말 좋았다. 포지는 다리 셋인 강아지와 『지식의 조각들』을 대동하고 나타나 월터가 그동안 얼마나 외로웠는지를 잊게 해주었다. 월터의 안짱다리나 사시에도 아랑곳하지 않았다. 게다가 이제 둘이서 함께 밴조의 대담무쌍한 모험을 돕는 중이었다.

포지가 팔꿈치로 월터를 쿡 찔렀다.

"야, 채터후치 다리에서 뒤공중돌기로 다이빙하는 건 나도 할 수 있을걸?"

그러고는 한 번 더 찌르더니 이어 말했다.

"너도 할 수 있어, 장담해."

월터는 어깨를 으쓱했다.

"글쎄다."

포지가 말했다.

"아유, 그만해. 넌 긍정적으로 생각할 줄 알아야 해. 이건 내가 『지식의 조각들』 다음으로 좋아하는 책에 나오는 규칙 제1번이야. 『카이사르 로마노프의 친구 사귀기 규칙』이라는 책이지."

월터는 허리를 조금 더 폈다.

"친구 사귀기 규칙?"

포지가 끄덕였다.

월터는 마음이 더욱 가벼워지는 걸 느꼈다. 그냥 온몸이 가벼워진 것 같았다.

"나한테 필요한 책인 것 같은데. 나도 좀 볼 수 있을까?"

"아, 거기 나오는 규칙들, 난 다 외웠어. 내가 가르쳐줄게. 나랑 같이 연습해 보자."

"좋아."

그렇게 잘 풀렸다. 나쁘게 시작된 일이 썩 훈훈하게 마무리됐다. 처음에는 포지가 형의 트럭을 건드리고 월터가 포지 앞에서 울어버리기까지 했는데 결국 둘은 친구 사귀는 법을 가르쳐주고 배우기로 약속했다.

어쩌면 약자를 괴롭히는 못된 아이들을 혼쭐내 줄 방법을 함께 찾을 수도 있을 것이다. 까짓것, 둘이 같이 채터후치 다리에서 뒤공중돌기로 뛰어내릴지도 모른다.

어제 시내로 나갔던 에벌라이나와 밴조는 날이 어둑해진 뒤에야 돌아왔다. 밴조는 수리를 하루 미루고 또 트럭 짐칸에서 잠을 청해야 했다.

　어쨌든 오늘 밴조가 트럭을 고쳐야 열기구를 찾으러 갈 수 있을 터였다. 월터는 형의 방을 치운 일로 속이 부글부글 끓는 것을 꾹꾹 눌러 참으며 엄마에게 자신도 밴조랑 같이 가는 것을 허락해달라고 사정사정했다.

　엄마는 계속 밴조가 이상한 사람 같다고 했다. 하지만 월터가 에벌라이나 아줌마는 포지를 보내주기로 했다고 하자 결국 엄마도 허락해주었다.

　그날 아침, 월터가 포지네 집으로 갔을 때 밴조는 현관 계단에 앉아 팬케이크를 우걱우걱 씹으며 포지에게 불평을 늘어놓고 있었다.

"저 망할 트럭에서 하룻밤이라도 더 잤다간 이 늙은 등이 남아나질 않을 거다. 내가 못 일어나거든 다들 날 죽게 내버려 둬도 된다. 원망하지 않으마."

밴조는 손가락에 묻은 팬케이크 시럽을 쪽쪽 빨았다.

"이 망할 깁스는 날 절뚝발이 바보로 만들어놓고도 성에 안 차나 보다."

밴조는 팔을 긁었다. 목과 다리도 긁었다.

"망할 모기 얘긴 꺼내지도 마라."

"모기!"

포지가 일부러 외쳐서 월터는 웃음이 터지고 말았다.

에벌라이나가 집 밖으로 나와 밴조의 빈 잔에 커피를 더 따라주었다.

"아마도 오늘은 저 트럭이 다시 달릴 수 있게 되겠죠?"

"아마도라뇨? 아니, 에벌라이나 양! 내가 장담하면 믿으셔야 합니다. 오늘 조지아의 태양이 하늘 가운데로 솟아 내가 낮잠 잘 준비를 하기 전에 저 트럭은 새끼 고양이처럼 가르랑가르랑 소리를 낼 거예요."

에벌라이나는 미소 지었지만 포지는 오만상을 찌푸렸다.

"낮잠은 아기들이나 자는 거 아니에요?"

"나 같은 늙은 영감들도 잔단다. 낮잠은 미모를 지키는 비결이야. 내가 괜히 이렇게 예쁜 줄 아냐? 비결은 낮잠이다. 아가씨, 낮잠이야."

에벌라이나는 깔깔대며 웃었다.

"페어웨더 씨, 분위기 띄우는 재주가 있으시네요. 그건 진짜 인정할게요."

밴조는 매우 뿌듯하다는 듯 극적인 동작으로 콧수염 끝을 말아 올렸다.

"그렇다면 드디어 내 삶의 목적을 이룬 셈입니다. 이제 난 죽어도 여한이 없어요."

밴조가 오전 내내 트럭을 고치는 동안 월터와 포지는 체스를 두었다. 폭찹은 마당을 깡충깡충 뛰어다니며 닭들을 향해 왈왈 짖거나 고양이들을 숲 쪽으로 쫓아냈다.

기다림에 지친 월터가 더는 한 판도 둘 수 없겠다고 생각하는 순간 밴조가 소리쳤다.

"됐다, 고쳤어! 새것처럼 쌩쌩해!"

월터와 포지가 환호성을 내지르며 트럭으로 달려갔다.

"당장 열기구 찾으러 갈 수 있어요?"

월터의 물음에 밴조가 시원하게 대답했다.

"그래, 가보자고!"

세 사람은 트럭에 올라탔고 폭찹도 포지의 무릎으로 폴짝 뛰어들었다.

밴조가 두 사람에게 의기양양한 웃음을 날리며 열쇠를 돌리자 엔진이 부릉부릉 포효했다.

월터는 흥분에 겨워 속이 다 울렁거릴 지경이었다. 이제 트럭으로 강가를 내달릴 수 있으니 열기구를 찾는 건 시간문제였다.

그런데 밴조가 기어를 넣자 시간이 아닌 다른 문제가 발생했다. 트럭이 앞으로 나아가지 않고 뒤로 구르기 시작한 것이다.

밴조는 멀쩡한 발로 냅다 브레이크를 바닥에 닿도록 내리질렀다.

트럭은 계속 뒤로 굴러갔다.

밴조가 다시 한번 힘껏 브레이크를 밟았다.

트럭은 계속 굴렀다.

처음에는 천천히.

그다음에는 조금 더 빨리.

그리고 점점 빨라졌다.

월터가 "으악!" 하고 외쳤다.

포지는 "멈춰요!" 하고 고함쳤다.

폭찹도 정신없이 짖어댔다.

밴조는 줄기차게 욕설을 퍼부었다.

그러다 쿵.

뒤로 구르던 트럭은 월터네 집 마당 한구석의 커다란 참나무를 들이받으며 멈춰 섰다. 닭들이 꽥꽥대며 이리저리 흩어지고 고양이들이 현관 계단 위로 뛰어 올라갔다.

엄마가 허둥지둥 나와 소리쳤다.

"뭐야 이거!"

밴조는 운전석 등받이로 머리를 털썩 누이며 말했다.

"그래, 이런 게 인생의 묘미 아니겠냐. 내 불운한 삶의 화룡점정이로구나."

밴조가 또다시 트럭을 고치는 사이, 월터와 포지는 마지못해 숲
속으로 갔다. 낮게 늘어진 나뭇가지를 옆으로 밀고 이끼 덮인 통
나무를 타 넘으며 터덜터덜 맥없이 걸었다.

월터는 이 길이 강으로 이어진다는 걸 알고 있었지만 얼마나 울
창하고 험한지는 그만 잊어버렸다. 폭찹마저 가시덤불을 에돌아
가고 얽히고설킨 덩굴을 통과하느라 낑낑대고 있었다.

월터는 얼굴 앞에서 알짱대는 날벌레 떼를 휘휘 저어 내쫓으며
말했다.

"이거 별로 좋은 생각이 아니었나 봐. 좀 돌아가더라도 사람 다
니는 길로 갈 걸 그랬어."

포지도 손을 얼굴 앞에 대고 휘휘 내저었다.

"그래도 여기만 지나면 바로 강이라며?"

"응, 근데 아무래도 시간 낭비인 것 같아. 밴조 아저씨 트럭이 또 퍼진 마당에 과연 열기구를 찾을 수나 있을지 모르겠어."

포지는 걸음을 멈추고 엉덩이에 두 손등을 얹었다.

"월터! 내가 한 말 잊었어? 『카이사르 로마노프의 친구 사귀기 규칙』 제1번!"

"알아, 알아. 긍정적으로 생각하라. 하지만 이건 뭐, 도대체 기약이 없잖아."

둘은 계속해서 빽빽한 수풀을 헤치고 가시덤불을 넘고 날벌레 떼를 물리치며 힘겹게 나아갔다. 좁은 빈터가 나오자 포지는 보들보들한 양치식물을 깔고 앉았다.

"좀 쉬었다 가자."

포지는 셔츠 주머니에서 랩으로 싼 치즈 조각을 꺼냈다. 랩을 벗기고 여름날 옷 속에서 흐물흐물해진 치즈를 반절 베어 먹었다.

"너도 먹을래?"

월터는 고개를 저었다. 포지가 남은 치즈를 조금 떼어 휙 던져 주자 폭찹이 폴짝 뛰어올라 공중에서 받아먹었다.

포지는 혀를 내둘렀다.

"가끔은 쟤 다리가 세 개라는 게 믿기지 않는다니까! 어쩌다 다리를 잃었는지 알고 싶은데……. 에벌라이나 말로는 곰덫에 걸렸을 거래."

포지는 치즈를 또 떼어 구슬처럼 돌돌 말더니 공중에 던져 날름 받아먹고는 두 손가락을 척 올렸다.

"자, 친구 사귀기 규칙 제2번. 대화할 때는 언제나 상대방의 눈을 봐라."

그러면서 월터 코앞으로 얼굴을 들이밀며 눈을 들여다보았다.

"그리고 이름을 불러줘라. 누구나 자기 이름 듣는 걸 좋아하니까."

"알았어."

"연습해 보자. 나한테 뭔가 말하고 이름을 불러줘."

"어, 음. 어, 오늘 날씨 참 좋다, 포지."

포지는 머리를 흔들었다.

"하나 빼먹었잖아."

"뭘 빼먹어?"

"내 눈을 봐야지. 다시 해봐."

월터는 눈을 크게 뜨고 포지의 얼굴을 똑바로 쳐다보며 말했다.

"날씨 참 좋다, 포지."

"그래, 훨씬 더 낫네. 명심해, 상대방 눈을 보고 이름을 불러줘라."

포지는 치즈를 한 조각 더 폭찹에게 던져주고 나머지는 손바닥에 대고 굴렸다.

"좋아, 이제 규칙 제3번."

"슬슬 다시 출발해야 할 것 같은데. 거의 다 왔어."

"야, 친구 사귀는 법 배우고 싶다며? 이런 건 연습만이 살길이야. 방학도 몇 주 안 남았잖아."

다시 학교에 갈 생각을 하니 월터는 배 속이 뒤틀리는 느낌이었다.

"알았어."

"규칙 제3번은 미소야. 미소를 '많이' 지어야 해. 자, 해봐."

어이가 없었지만 월터는 어쨌거나 포지를 바라보며 미소를 지었다.

"아니, 소심하고 어색한 미소 말고! 크고 환한 미소, 이렇게."

포지가 치아가 다 드러나게 활짝 웃으며 시범을 보였다.

월터는 곧장 따라 했지만 느낌상 아까보다 더 어색했다.

"완벽해. 그럼 이제 2번이랑 3번 규칙을 섞어보자."

포지는 신이 난 모양이었지만 월터는 한숨이 나왔다. 그래도 하라는 대로 했다. 포지의 눈을 들여다보며 "오늘 날씨 참 좋다, 포지"라고 말하고는 활짝 웃었다.

"아주 잘했어."

포지는 마지막 치즈 구슬을 입에 쏙 넣고 일어섰다.

"이제 가자."

그날 저녁, 식탁에서 월터는 접시에 담긴 밝은 주황색 맥앤치즈를 우울하게 내려다보며 포크로 뒤적였다. 엄마가 상자에서 꺼내 데운 것이었다. 원래 엄마는 맥앤치즈를 직접 만들어줬었다. 이것과는 비교가 되지 않을 정도로 맛있었다. 물론 형이 좋아하는 음식이었다.

그렇지만 맛이 있고 없고를 떠나 지금 월터는 뭘 먹을 기분이 아니었다. 불끈불끈 화가 나고 자꾸만 불안했다. 머릿속에 너무 많은 생각이 어지럽게 돌아다녔다. 이래서야 도무지 마음을 가라앉힐 수 없을 것 같았다.

먼저, 엄마는 왜 형의 방을 치워버렸을까? 형이 이곳에 살았던 사실을 그냥 잊으려고? 월터는 아직도 형의 방을 지나칠 때마다 목이 콱 메었다. 방문을 열면 텅 빈 선반과 완벽하게 정돈된 침대와 레이스 커튼이 아니라 형의 미식축구 대회 우승컵과 엉망으로 뭉쳐진 이불과 창에 못 박힌 담요가 보여야 했다.

또 하나, 곧 개학이었다. 포지의 책에 얼마나 많은 규칙이 있는지 모르겠지만 월터로서는 아무리 생각해도 그걸 배운다고 해서 친구 사귀기에 도움이 될 성싶지 않았다. 사람들에게 미소를 짓고 이름을 불러줄 수야 있지만 사시와 안짱다리는 어디 가지 않을 테니까. 여전히 월터는 왜소하고 소심한 아이일 것이다. 월터는 결코 탱크 형이 될 수 없다.

그리고 그 꿈도 문제였다. 월터의 생일날 꿈.

자꾸 꾸는 이유가 있을까? 무슨 의미라도?

아니다, 어쩌면 아무 의미 없을지도 모른다.

2주 뒤면 생일이었다. 그 꿈에는 언제나 형이 있지만 현실에는 없다. 월터의 생일이 되어도 형은 오지 않는다.

난생처음으로 형 없이 생일을 맞는다.

월터는 식어버린 마카로니 하나를 포크로 찔렀다. 다행히 아빠는 집에 온다. 텍사스 어딘가에서 전화로 월터의 생일을 놓칠 일은 절대 없다고 장담했다.

월터의 마음속 깊은 곳에서 이제껏 해본 적 없던 생각 하나가 작은 싹을 틔웠다. 포지한테 꿈 얘기를 해보면 어떨까? 그 애는 모르는 것이 없으니까. 어떤 질문에라도 척척 답할 수 있으니까. 어쩌면 그 꿈의 의미도 알고 있을지 모른다.

그날 밤, 월터는 또 그 꿈을 꾸었다. 꿈에서 깬 월터는 발딱 일어나 침대 한쪽에 앉았다. 캄캄한 방 안, 열린 창문으로 흘러드는 달콤한 인동초 향을 맡으며 월터는 마음을 굳혔다.

'그래, 포지한테 꿈 얘기를 해보자.'

다음 날, 월터는 텃밭 근처에 앉아 밴조의 트럭에서 웅얼웅얼 흘러나오는 분노 어린 푸념을 듣고 있었다. 듣자 하니 밴조가 트럭 수리에 필요한 부품을 주문했는데 언제 들어올지 알 길이 없고, 친구인 커주가 자신을 파인산에 있는 집으로 데려다주기로 했는데 여태 코빼기도 보이지 않는다는 것이었다.

포지는 뒷문 계단참에서 종이 한 장을 들여다보고 있었다. 포지가 직접 그린 지도로 파인산에서 처음 열기구가 뜬 지점과 숲에서 밴조가 발견된 지점, 채터후치강 부근에 열기구가 착륙했을 만한 여러 지점을 표시해 둔 것이었다.

포지는 허리를 숙이고 미간을 모은 채 열심히 지도에 숫자들을 휘갈겨 쓰다가 큰 소리로 밴조에게 물었다.

"열기구가 얼마나 빨리 갔다고요?"

트럭에서 밴조의 신경질 섞인 고함이 날아들었다.

"벌써 세 번이나 말했잖니! 내 계산에 의하면, 물론 내 계산은 두말할 것 없이 정확한데 시속 1.6킬로미터였다니까."

포지는 월터에게 말했다.

"좋아, 그럼 아마 열기구는 아저씨가 뛰어내리고 15분 정도 뒤에 착륙했을 거야."

그러고는 지도에 뭔가를 더 끼적였다.

"그러니까 약 2.4킬로미터를 더 갔다는 얘기지."

"근데 어느 방향으로?"

월터가 묻자 포지는 지도를 들어 한 지점을 가리켰다.

"아마 이쪽일 거야."

포지는 트럭 앞으로 가서 손바닥으로 보닛을 통통통 두드렸다.

"이 어르신, 오늘 고쳐지긴 할까요?"

"내가 참 다재다능한 인물이긴 하다만 마법사는 아니다."

밴조가 대답하자 포지가 비꼬았다.

"어머나, 세상에서 제일가는 수리공이신 줄 알았습니다만."

밴조는 발치에서 귀찮게 구는 파리 떼를 쫓았다. 이제 목발은 쓰지 않았다. 대신 꼬질꼬질한 깁스째로 절뚝대며 돌아다녔다.

"제아무리 세계 제일의 수리공인들 무슨 재주로 하루 만에 마스터 실린더를 고치겠냐. 빌어먹을 부품이 없는데!"

밴조는 손수건으로 목덜미를 쓱 훔치더니 수리는 뒷전이고 자동차 부품점 욕을 늘어놓기 시작했다.

"거긴 애송이들만 잔뜩 모아놓고 뭘 어쩌자는 거야? '무엇을 도와드릴까요?' 하등 쓸모없는 애송이들 주제에 돕긴 뭘 도와? 특히 그 직원은 천하의 바보였어. 옥수수빵을 구워도 가운데는 설익힐 놈이야, 내 장담해."

월터는 한숨을 쉬었다.

그러면 그렇지. 오늘 트럭이 달리기는 틀렸다.

그래서 포지를 불렀다.

"네 지도 가지고 강으로 가자."

월터와 포지가 강으로 향하는 길, 물론 폭찹도 쭐레쭐레 뒤따라왔다.

포지가 말했다.

"좋아, 카이사르 로마노프의 규칙 제4번은 이거야. 상대방에 대한 질문을 많이 해라. 대답을 들으면 '와!' '설마!' 같이 감탄하는 말을 해줘라."

포지는 가시덤불 줄기를 젖히고는 월터가 지나갈 때까지 붙잡아주었다.

"그러면 상대방은 자기가 특별한 사람이 된 듯한 기분을 느끼고 네가 자기한테 관심이 있다고 여기게 되지. 그러니 누굴 만날 때는 상대방한테 관심이 없어도 있는 척해야 해."

"알았어."

"이제 해봐. 나랑 친구가 되고 싶지만 생전 처음 만난 척해봐."

"음, 어, 음. 안녕, 포지."

월터는 여기까지 말하고 규칙 제2번대로 포지의 눈을 보았다.

포지가 흡족하게 끄덕였다.

"좋아, 잘했어!"

"넌 뭘 좋아해? 취미가 있어?"

"아, 그럼 있지. 동전을 수집하고, 큐브 맞추기를 정말 좋아해."

포지는 빙그레 웃으며 덧붙였다.

"근데 이건 진짜야."

"음, 아, 그렇구나."

"아니야! '우와!'나 '설마!'라고 해야지. 그래야 상대방이 특별해진 기분을 느낀다니까?"

"아, 알았어. 음, 우와!"

"별로였어. 다시 해봐."

월터는 마음이 바빠졌다. 지금이 기회였다. 어젯밤 다짐한 걸 실행에 옮길 기회.

그래서 물었다.

"넌 똑같은 꿈을 여러 번 꾼 적 있니?"

포지는 고개를 갸웃했다.

"되풀이되는 꿈 말이야?"

"응."

"아니, 넌?"

"난 있어."

"정말?"

월터는 고개를 끄덕였다.

"우와! 이건 진짜야, 너한테 특별한 기분을 느끼게 해주려고 한 말이 아니라. 무슨 꿈이었는데?"

"음, 탱크 형 꿈."

이 말을 뱉자 갑자기 눈물이 나올 것 같았다. 턱이 떨리기 시작했다. 월터는 눈을 질끈 감고 울지 않는 데에 온 정신을 집중했다. 이윽고 참을 수 있겠다는 느낌이 들었고, 그제야 포지에게 꿈 얘기를 털어놓았다.

포지가 물었다.

"언제부터 그 꿈을 꿨는데?"

"형이 떠난 뒤부터."

포지는 또 "우와!" 하고는 이어 말했다.

"항상 촛불을 불기 직전에 깬다고? 다 끈 적은 한 번도 없고?"

월터는 고개를 끄덕였다.

"단 한 번도. 매번 똑같은 시점에 깨버려."

포지는 턱을 긁었다.

"흐으음. 네 생일이 언제야?"

"8월 5일."

포지는 하늘을 올려다봤다.

"흐으음. 나한테 꿈에 관한 책도 있긴 했는데 테네시를 떠나오면서 굿윌스토어에 기증했어."

그러고는 월터를 보며 말했다.

"난 말이야. 네 생일날과 죽은 형에 관한 꿈은 분명 의미가 있다고 봐."

'죽은 형?'

그 두 단어가 월터의 가슴을 찔렀다.

깊숙이, 날카롭게.

포지의 눈이 커다래졌다.

"앗, 미안!"

"괜찮아."

하지만 월터의 가슴은 여전히 얼얼했다.

포지가 말했다.

"어쩌면 예지몽일 수도 있어. 네가 형처럼 되리란 걸 미리 알려주는 거지. 그러니까 너도 멋지고 자신감 넘치는 사람이 된다, 이거야."

"그런 날이 오기나 할까?"

"아니면 세계 일주에 성공한다거나!"

월터는 고개를 저었다.

"그건 아닐 것 같은데."

"어쩌면 유령이 된 형이 네 생일날 널 보러 온다는 뜻일지도 모르고."

유령이 된 형을 상상하는 순간 월터는 얼굴에서 피가 쑥 빠져나가는 느낌이었다. 손도 바들바들 떨리기 시작했다.

포지는 제풀에 고개를 흔들었다.

"에이, 말도 안 돼. 그럴 일은 없을 거야."

월터가 말했다.

"어쩌면 아무 의미 없을지도 모르지."

포지는 월터의 등을 찰싹 때렸다.

"있잖아, 난 이런 꿈을 꾼 적이 있어. 거울을 봤는데 내가 꼭 영화배우처럼 예쁜 거야. 잡지에 나오는 모델처럼 피부도 머릿결도 완벽했어. 심지어 왕관까지 쓴 거 있지. 그런데 꿈에서 깨고서 어떻게 됐는지 알아?"

"어떻게 됐는데?"

"거울을 봤더니 그냥 나였어. 바로 이 얼굴, 이 머리. 물론 왕관도 없었고."

월터는 포지가 왜 이런 꿈 얘기를 하는지 이해가 되지 않았다.

포지의 말이 이어졌다.

"무슨 말이냐면 어쩌면 한순간이라도 기분 좋아지라고 찾아오

는 꿈일 수 있다는 거야. 지금 당장 필요한데 현실의 삶에는 없어
서 속상한, 그런 기분 좋은 한순간 말이야."

월터는 한동안 생각에 잠겼다.

'기분 좋은 한순간?'

어쩌면 그럴지도 모른다.

하지만 한편으로는, 역시 그렇지 않을지도.

월터는 자기 방 창가에 앉아 별이 총총한 여름 밤하늘을 바라보았다. 마당의 참나무에 부딪혀 서버린 트럭 짐칸에서 밴조의 코고는 소리가 들려왔다. 커주라는 친구는 원래 그런 사람인지 아직도 감감무소식이었다.

에벌라이나가 파인산까지 태워다주겠다고 했지만 밴조는 천사의 선의를 이용하는 건 신사의 도리가 아니라며 마다했다.

"오, 소중하고 소중한 에벌라이나. 그런 식으로 그대를 이용해 먹는다면 난 단 하루도 살 수 없어요. 14번 고속도로에 망할 공사 중인 데가 어디 한두 군데입니까? 그 때문에 그대가 우회로를 타는 불편을 겪다니. 이 신사는 생각만 해도 견딜 수가 없군요."

밴조는 월터네 집 마당의 참나무에 처박힌 트럭을 바라봤다.

"그대를 위해서라면 맨발로 뜨거운 석탄 위라도 얼마든지 걸어갈 이 주빌레이션 T. 페어웨더에게 별빛 아래에서 하룻밤을 더 보내는 것쯤이야 아무것도 아니라오."

물론 포지는 계속 "아이고, 맙소사" 하고 되뇌며 몸서리쳤다.

이어서 밴조는 커주가 망할 자식이라느니, 형편없는 친구라느니 혼자 꿍얼꿍얼하다가 트럭 짐칸에 올라 잠을 청했다.

이튿날 아침, 포지가 우편함 옆에서 목청껏 외쳤다.

"서둘러! 오늘은 예감이 좋아!"

월터는 컵에 남은 오렌지주스를 단숨에 들이켜고 쏜살같이 튀어 나갔다. 등 뒤에서 방충망 문이 쾅 닫히면서 엄마가 뭐라 야단치는 소리가 날아왔다.

월터를 보자마자 포지가 또 말했다.

"오늘은 진짜 예감이 좋아!"

햇볕에 탄 포지의 얼굴에는 주근깨가 선명했고 하트 모양 반점은 짙은 자주색이 되어 있었다. 오늘은 '꿀벌을 살리자'라는 문구가 적힌, 무릎까지 내려오는 티셔츠 차림이었다. 포지가 빙글 몸을 돌려 숲을 향해 기세 좋게 걸음을 떼자, 폭찹도 세 다리로 깡충대며 열심히 따라갔다.

포지가 뒤돌아보며 다시 한번 외쳤다.

"서두르라니까!"

월터는 허둥지둥 포지를 따라잡고서 먹다 남은 토스트 조각을 폭찹에게 던져주었다.

"왜 이 길로 가?"

월터의 물음에 포지는 반바지 주머니에서 구겨진 종이를 꺼내 펼치고 지도의 한 지점을 가리켰다.

"바람이 열기구를 이쪽으로 떠밀었을 것 같아."

월터는 고개를 저었다.

"아닐 것 같은데. 게다가 강물로 추락했다면 물살 때문에 저쪽으로 갔을걸."

월터는 지금 향하는 숲과 정반대 방향을 짚었다.

하지만 포지는 꿋꿋했다.

"날 믿어."

숲길은 점점 좁아지다가 아예 사라졌다. 이제부터는 그야말로 가시밭길이었다. 호랑가시나무 덤불을 헤치거나 아로니아들이며 삐죽삐죽한 층층나무들을 피해 에워가야 했다.

이따금 폭찹이 빽빽한 덤불 속으로 들어가 모습을 감추기도 했다. 월터는 폭찹이 길을 잃어 돌아오지 못할까 봐 조마조마했지만 포지는 조금도 걱정하지 않는 눈치였다.

다행히 폭찹은 매번 어김없이, 부스스한 털에 도깨비바늘 같은 씨앗들이 잔뜩 박힌 몰골로 다시 나타났다.

이윽고 월터는 더 걷길 포기했다.

"이건 미친 짓이야. 이러다 쪄 죽겠어."

포지가 다섯 손가락을 쫙 펴 들었다.

"카이사르 로마노프의 규칙 제5번은 '투덜대길 그만둬라'야."

"그래, 그렇겠지."

"진짜야!"

월터는 미심쩍다는 듯 눈썹을 추어올렸다.

"투덜대길 그만둬라?"

"뭐, 토씨 정도야 다를 수는 있겠지만 어쨌든 뜻은 딱 그렇다고. 투덜이랑 친구 먹고 싶은 사람은 없으니까."

"꼭 이렇게 가야만 강이 나오는 건 아니잖아. 더 나은 방법도 있을 텐데."

"좋아, 그럼 어떻게 가면 좋겠니? 헬리콥터라도 부를래?"

월터는 어깨만 으쓱했다.

포지가 말했다.

"그러니까 잔말 말고 쭉 가자. 조금만 더 가면 돼."

아니나 다를까 울창한 숲속을 몇 분 더 걸었더니 정말 강이 나타났다. 공기는 시원하고 졸졸 흐르는 물소리도 청량했다.

강둑을 따라 계속 걷던 그들에게 정말이지 놀랍고도 경이로운 일이 벌어졌다. 어느 굽이를 돌자 바로 그곳, 물옥잠과 부들이 무성한 곳에 열기구가 걸려 있었다.

월터와 포지가 동시에 걸음을 멈추었다. 두 사람의 입에서 "우와!" 소리가 저절로 터져 나왔다. 둘은 강둑 아래로 미끄러지듯 내려갔다.

월터가 소리쳤다.

"저거야! 밴조 아저씨 열기구!"

포지는 주먹 쥔 손을 위아래로 흔들며 강 건너까지 울려 퍼지도록 "야호!" 하고 우렁찬 함성을 내지르더니 목이 터져라 "스타캐처다!" 하고 외쳤다.

폭참이 기슭 쪽 얕은 물로 들어가 열기구의 냄새를 맡으며 꼬리를 흔들었다.

비단결 같은 천은 밴조의 묘사와 정확히 일치했다. 일곱 빛깔 무지개색 바탕에 은색 별과 금색 달이 총총히 박혀 있었다. 하지만 형편없이 찢어지고 온통 진흙이 덕지덕지 묻은 데다 일부는 부들 줄기에 휘감겨 있고 또 일부는 진흙탕에 묻혀 있었다.

수초와 천이 얽히고설킨 얕은 물 너머로 강물에 반 이상 잠긴, 굵은 밧줄로 천과 연결된 거대한 바구니가 보였다. 바구니 위로 금속 틀이, 틀 윗부분에는 두 개의 둥근 실린더가 붙어 있었다.

포지가 실린더를 가리키며 말했다.

"저건 연소기야! 어떻게 알았게?"

"어떻게 알았어?"

"『땅, 바다, 하늘: 탈것에 관한 모든 것』에서 봤지. 에벌라이나가 테네시에서 그 책은 가져오게 해줬거든. 거기에 열기구에 관한 내용도 있더라고. 저 연소기가 열기구 안의 공기를 데워. 그러면 열기구가 떠오르지. 왜 떠오르게?"

"왜 떠오르는데?"

"왜냐면 더운 공기는 위로 올라가니까."

월터는 끄덕이며 "멋지다"라고 대꾸했다. 하지만 지금 포지에게서 과학 수업을 받고 싶지는 않았다. 일단 저 열기구를 강에서 끌어내고 싶었다.

"끌어내보자."

월터는 무릎 깊이의 강물을 헤치며 걷기 시작했다. 걸음을 옮길 때마다 끈적끈적한 진흙이 운동화에 들러붙어 쩍쩍 소리를 냈다.

월터는 천이 손에 닿자 힘껏 쥐고 당겨보았다.

"엄청 무겁네. 와서 좀 도와줘."

"싫어! 물뱀 나올 것 같아."

월터는 강물을 내려다보았다. 포지 말도 일리가 있었다. 정말 물뱀이 나올지도 모른다. 월터는 태어나서 지금까지 쭉 채터후치 강 근처에서 살았고 여름마다 이곳 강기슭을 탐험하거나 강둑에서 낚시하며 시간을 보냈다. 수초 사이를 스르르 미끄러져 가거나 썩은 통나무 위에서 햇볕을 쬐는 물뱀을 본 적도 몇 번 있었다.

월터는 얼른 천을 놓고 허겁지겁 물 밖으로 나왔다. 그 바람에 물과 진흙이 마구 튀어서 포지가 "야, 조심해!" 하고 빽 소리를 질렀다.

월터와 포지는 강둑에 서서 밴조의 '대담무쌍한 모험'을 물끄러미 바라보았다. 애처롭게도 그 모험은 이제 갈가리 찢어져 거대한 진흙 덩어리가 되어버렸다.

"이제 어쩌지?"

월터가 묻자 포지는 고개를 저었다.

"그 질문에 답할 수 있는 사람은 주빌레이션 T. 페어웨더 씨밖에 없을걸."

월터가 고개를 끄덕였다.

"그렇겠지."

"찾았어요!"

월터와 포지가 숲을 빠져나오며 소리치자 트럭 짐칸에서 낮잠을 자던 밴조가 화들짝 놀라 일어나더니 가슴을 움켜쥐었다.

"아니, 너희 둘은 할 일이 그렇게 없냐? 이 노인네 심장마비나 일으키는 게 최선이야?"

월터는 무릎에 두 손을 얹고 애써 숨을 고르며 말했다.

"스타캐처 찾았어요!"

밴조는 발딱 일어나 앉더니 짐칸 난간을 붙잡고 외쳤다.

"내 열기구? 내 삶? 내 심장? 내 대담무쌍한 모험?"

그러고는 하늘을 우러러봤다.

"내 기도가 응답을 받았구나. 오, 영광의 날이로다!"

포지가 트럭 범퍼에 올라탔다.

"열기구가 찢어지고 진흙투성이가 되어 물뱀이 우글거리는 강물에 반쯤 잠기게 해달라고 기도하셨나 봐요?"

싱글벙글하던 밴조가 즉시 정색했다.

"넌 어째서 내 기쁨에 찬물을 끼얹는 게냐? 불쌍한 절름발이가 괴로워하는 걸 보면 좋아?"

포지는 고개를 살랑살랑 흔들었다.

"아뇨, 단지 진실을 마주할 각오를 하시라는 거죠. 그렇지, 월터?"

월터는 고개를 끄덕였지만 내심 밴조가 딱했다. 순전히 환희에 넘치던 그의 표정이 눈 깜짝할 사이에 실의에 빠진 표정으로 바뀌는 걸 본 탓이었다.

밴조는 투덜투덜 씩씩대며 짐칸에서 기어 나왔다. 폭찹이 덥석 밴조의 발목을 물고 그르렁 소리를 냈다.

"이 미친개 좀 멀리 치워!"

포지가 옆에 와 앉으라고 손짓하자 폭찹은 냉큼 와 앉았다. 그 와중에도 밴조에게서 눈을 떼지 않고 낮게 으르렁거렸다.

밴조가 말했다.

"음, 그럼 여기서 뭣들 하고 선 거야? 냉큼 열기구를 찾으러 가야지. 나 주빌레이션 T. 페어웨더의 성실한 지도하에 건장한 젊은이 둘이서 내 소중한 스타캐처를 강에서 끌어내면 되겠구먼."

포지가 대꾸했다.

"그 제안에는 몇 가지 문제가 있는데요."

"그래, 찬물 아가씨. 그 문제가 뭘깝쇼?"

"첫째, 그렇게 깁스한 발로 숲속에 가는 건 무리예요. 절대로 강까지 못 가요."

이에 월터가 고갯짓하며 말을 보탰다.

"천이 흠뻑 젖은 데다 엄청나게 무겁고요. 바구니처럼 생긴 것도 안에 물이랑 진흙이 가득해요."

포지가 이어 말했다.

"뭐, 기적이라도 일어나서 어찌어찌 물 밖으로 끌어냈다고 쳐요. 그런 다음에는요? 그걸 여기로 가져올 수는 없잖아요. 그렇지, 월터?"

월터는 동정 어린 눈으로 밴조를 쳐다보았다.

"맞아요."

밴조는 힘이 쭉 빠진 듯 트럭에 몸을 털썩 기댔다.

"당연히 그렇겠지. 하지만 이 주빌레이션 님이 그런 사소한 문제가 좀 있다고 여기서 주저앉을쏘냐! 내 이 난관을 뚫을 방도를 찾고야 말겠다."

밴조는 눈을 감은 채 손가락으로 턱을 톡톡 두드렸다. 그런 그를 월터와 포지가 말없이 지켜보았다.

월터는 하늘을 힐끗 올려다봤다. 짙고 어두운 구름이 몰려오고 있었다.

'이런.'

불현듯 밴조의 난관이 여기서 그치지 않으리란 예감이 들었다.

이걸 밴조 아저씨한테 얘기해야 하나?

월터는 심호흡을 한 뒤 입을 뗐다.

"방금 생각난 건데요. 아무래도 말씀드려야 할 것 같아서요."

밴조와 포지가 놀란 눈으로 동시에 월터를 쳐다봤다.

밴조가 물었다.

"뭐냐?"

"비가 많이 오면 강물이 붇잖아요. 그럼 수초에 엉킨 열기구도 물살에 풀릴 거예요. 그럼 강물에 휩쓸려 가버리거나 아예 가라앉을지도 몰라요."

　바로 그때, 그야말로 환장할 일이 벌어졌다.

　비가 후드득 쏟아지기 시작했다.

비가 줄기차게 퍼부었다. 퍼붓고 퍼붓고 또 퍼부었다.

거센 빗줄기가 월터네 집 마당에 있는 창고의 함석지붕을 사정없이 때리며 우레와 같은 굉음을 자아냈다. 우편함 옆에서 자라던 야생 당근 꽃들은 다 꺾여 땅바닥에 엎드려 절하는 모양새로 계속 비를 맞았다.

월터는 지붕이 있는 포지네 집 현관에 앉아 밴조의 얘기를 듣고 있었다. 밴조가 에벌라이나에게 신빙성이 매우 떨어지는 얘기를 늘어놓는 중이었다.

베키 이모님이라는 분이 계셨는데 우체부가 청구서를 너무 많이 가져온다며 쇠지레를 들고 쫓아갔다나 뭐라나.

"그 일로 이모님은 지방 교도소에서 두 달을 복역하셨어요. 내가 일요일마다 삶은 땅콩을 한 봉지씩 가져다드렸더니, 돌아가시면서 나한테 340달러와 낙엽 청소기 한 대를 남기시더이다."

에벌라이나는 웃음을 터뜨렸고 포지는 그저 지도에 뭔가 끼적이기 바빴다.

실은 월터도 듣는 둥 마는 둥 했다. 폭우로 마당 이곳저곳에 커다란 흙탕물 웅덩이가 생기는 걸 보면서 강물이 얼마나 불었을까 생각했다. 비가 오면 올수록 걱정도 불어났다. 이런 비가 강을 어떻게 바꿔놓는지 월터는 잘 알고 있었다.

강물이 불어 강둑을 삼키는 정도야 예사고 심하면 강을 건너는 다리까지 잠겨버릴 수도 있었다. 물살도 점점 빨라지며 거품 섞인 소용돌이를 이루어 작은 나무들을 휩쓸어 가고, 강기슭 바위들에 낀 이끼까지 깨끗이 씻어낼 것이다.

그러니 열기구를 휘감은 부들 줄기들이 거친 물살에 세차게 흔들리는 모습을 그리는 건 그리 대단한 상상력이 필요한 일은 아니었다. 소용돌이치는 물살이 부들 줄기들을 마구잡이로 흔들어대다 알록달록한 열기구 천을 기어이 풀어 젖히고야 말 것이다.

어쩌면 이미 열기구는 강 하류로, 급류를 타고 멀리 더 멀리로 떠내려가고 있는지도 모른다. 아니면 바구니에 물이 너무 많이 차서 가라앉는 중이고 연결된 천까지 덩달아 끌려 내려가고 있는지도 모른다.

어느 경우를 상상하든 마음이 무겁기는 마찬가지였다. 월터는 그 열기구를 너무너무 구출하고 싶었다. 조지아 하늘에 뜬 스타캐처를 언젠가는 꼭 보고 싶었다. 얼마나 멋진 광경이겠는가!

하지만 이렇게 계속 폭우가 쏟아진다면 그 굉장한 일은 영영 일어나지 않을 것이다.

밴조의 얘기가 이어졌다.

"텍사스주 웨이코의 한 트럭 휴게소에서 꼬박 이틀 밤낮으로 포커를 친 적이 있어요. 쇠고기 육포랑 미지근한 맥주로 연명하면서요. 그때 438달러에 잔디깎이 차를 땄답니다. 그걸 몰고 65킬로미터 거리에 있는 다음 마을까지 가서 픽업트럭하고 바꿨어요. 그게 바로 저기 월터네 집 마당에 있는 트럭이죠."

포지가 끼어들었다.

"아, 푹 퍼져서 꿈쩍도 안 하는 그 트럭이요?"

밴조가 대꾸했다.

"그래, 그거. 하지만 부품이 오기만 하면 내 고도로 숙련된 수리공답게 금세 저 트럭을 고쳐서 달리게 할 거다."

그러고는 포지를 손가락으로 콕 찔렀다.

"그건 내가 보장할 수 있어."

바로 그때, 아주 시끄러운 차 한 대가 흙탕물을 사방팔방 튀기며 달려와 에벌라이나의 집 앞에 멈춰 섰다. 빵빵 경적을 울리더니 차창이 내려갔다.

폭찹이 들입다 달려가 왈왈 짖어대다 포지가 이리 오라고 하자 얌전히 돌아왔다.

억수 같은 빗줄기 사이로 밴조는 눈을 가늘게 뜨고 그쪽을 살폈다.

"커티스? 커티스 자네인가? 커주는 대체 어디 있어? 사흘째 연락을 안 받아."

커티스가 대답했다.

"그 친구는 샌디 스프링스에 발이 묶였어. 나더러 대신 이리로 가달라고 부탁하던데."

밴조는 주변에 들릴락 말락 몇 마디 툴툴대고는 빗속을 뚫고 비척비척 차로 향했다.

그러면서 크게 소리쳤다.

"걱정 마시오. 내 돌아올 터이니."

그날 저녁 식사 후, 월터는 형의 트럭에 앉아 형에게 밴조와 열기구 얘기를 들려주었다.

"모퉁이를 돌자마자 열기구가 눈에 딱 보이는 거야. 형도 볼 수 있으면 좋을 텐데. 은색 별들이랑 금색 달들."

등받이에 비스듬히 기대앉아, 헛간 지붕을 때리는 빗소리를 들었다.

"비가 그치고 나서도 그게 그대로 있으면 좋겠어."

트럭에서 내려 문손잡이를 수건으로 닦고는 나직이 형에게 잘 자라고 인사했다.

월터는 집 안으로 들어와 침대로 기어들었다. 기도하고 눈을 감았다. 그리고 또 그 꿈을 꾸었다.

월터는 거실 창가에 앉아 있었다. 이틀 넘게 이어지던 폭우가 드디어 잦아들며 가랑비로 변했다. 나뭇가지에 맺힌 빗방울이 마당의 흙탕물 웅덩이로 투둑투둑 떨어졌다. 비에 씻긴 깨끗한 공기는 특유의 향을 머금고 있었다.

밴조가 에벌라이나에게 전화를 했었다. 트럭 수리에 필요한 부품이 아직도 자동차 부품점에 들어오지 않았다는 얘기를 전하기 위해서였다. 그러는 사이 열기구는 채터후치 강기슭의 부들 줄기들 틈에서 이리저리 휩쓸리고 있을 터였다.

하지만 정말 그럴까? 어쩌면 물살에 휩쓸려 플로리다로 흘러가는 중인지도 모른다. 아니면 강물 아래 진흙 바닥으로 가라앉는 중인지도 모르고.

월터는 한숨을 쉬며 창문 방충망에 얼굴을 댔다. 시내의 버스 정류장에서 형과 작별 인사를 했던 날이 생각났다. 형은 몇 번이고 엄마를 안아주고 연방 월터의 머리칼을 흩뜨리고 자꾸만 버스 창에 자신의 모습을 비추어보았다. 형의 군복은 아주 깨끗하고 빳빳했다.

아빠가 형에게 20달러 지폐 두 장을 건넸고, 형은 태어나서 가장 행복한 날이라는 듯 환하게 웃으며 마지막으로 모두에게 손을 흔들었다. 그러고서 형은 버스에 올라탔고, 버스가 출발했다. 그 뒤로는 월터에게 모든 것이 너무나 고요하고 허전하고 지루했다.

얼마 전까지 쭉 그랬다. 그러다 포지와 밴조와 열기구가 나타났다. 누가 짐작이나 했을까?

형도 여기 있었다면, 그러면 어땠을지 월터는 틀림없이 알고 있었다.

형은 포지에게 『카이사르 로마노프의 친구 사귀기 규칙』을 배울 필요도 없을 것이다. 오히려 형이 그런 책을 쓸 수도 있다.

형이 밴조의 열기구를 찾아냈다면 강에 물뱀이 있든 말든 조금도 개의치 않았을 것이다. 곧장 물속으로 뛰어들어 혼자서라도 열기구를 끌어냈을 것이다.

형이 함께 있으면 얼마나 좋을까.

하지만 형은 여기 없다.

그래서 바로 그 순간 그 자리에서 월터는 결심했다. 자신도 형

처럼 해보기로 했다. 어떻게 해서든 밴조의 열기구를 강에서 끌어
낼 셈이었다.

언젠가 그 열기구는 하모니 사람들 모두가 올려다보는 가운데
하늘을 유유히 떠가리라. 흙먼지 날리는 도로며 농장 위로. 주유
소와 식당 위로. 우체국과 자동차 부품점 그리고 '하모니'라는 빨
간 페인트 글씨가 선명한 급수탑 위로.

비가 완전히 그쳤다. 월터는 한 번 더 배낭 안을 점검했다. 나일
론 밧줄, 원예용 가위, 낡고 녹슨 가지 절단기. 열기구가 물살에 떠
내려가지 않도록 강에서 끌어내는 데에 필요한 물건들이었다.

집 밖으로 나오자 장화를 신은 포지가 우편함 옆에서 기다리고
있었다. 폭찹은 마당을 돌아다니며 웅덩이를 할짝거리거나 닭들
을 놀래는 중이었다.

"챙겨 오기로 한 건 다 잘 챙겼지?"

포지의 물음에 월터는 자신 있게 대답했다.

"물론이지. 그래서 지금 이 배낭 무게가 50킬로그램은 나가는
것 같아."

포지는 숲을 향해 앞장서며 말했다.

"50킬로그램이면 100파운드가 넘는다고. 근데 너, 파운드를 표
시하는 약어가 왜 'lb'인지 모르지?"

포지는 월터에게 답할 틈도 주지 않고 내처 말했다.

" 'lb'는 'libra'의 약어야. 라틴어로 '파운드'를 뜻하지."

"역시『지식의 조각들』?"

"응."

강으로 가는 길에 포지는 밴조의 소식을 전했다.

"보나 마나 그 아저씨, 5분이 멀다 하고 자동차 부품점에 전화하다가 속이 터져서 에벌라이나한테도 전화한 걸 거야. 가게 직원들이 하나같이 멍청한 애송이들이라고 욕하려고. 커티스라는 아저씨한테 오늘 우리 집에 데려다 달라고 했대. 말로는 트럭을 살펴보러 온다는데 실은 에벌라이나를 보러 오는 거겠지."

이윽고 둘은 서로 반대 방향으로 뻗은 갈림길에 이르렀다.

"이쪽이야."

월터는 숲으로 이어지는 길을 가리키며 앞장섰다. 포지와 폭찹도 부지런히 뒤따라갔다.

마침내 강이 나타났다. 하지만 열기구가 있던 지점에서 둘은 얼어붙고 말았다.

열기구가 사라졌다.

열기구가 있었다는 흔적조차 찾을 수 없었다.

부들 줄기가 꺾인 부분도, 은색 별과 금색 달이 박힌 무지개색 천 조각 하나도, 아무것도 없었다.

월터는 빠르게 흐르는 물살을 바라보며 깊은 한숨을 내뿜었다.

"망했어. 이제 열기구는 영영 못 찾을 거야."

포지가 성큼성큼 앞으로 와서 월터의 어깨를 붙잡았다.

"카이사르 로마노프의 규칙 제1번, 잊었어?"

"알아, 알아. 긍정적으로 생각하라. 그럼 열기구가 떠내려가는 중이라고 생각할래. 강 밑바닥으로 가라앉은 것보단 나으니까."

채터후치강은 전혀 짧지 않았다. 아마 열기구는 월터나 포지가 걸어서 갈 수 있는 거리보다 훨씬 더 멀리 떠내려갔을 것이다. 그래도 월터는 가보지도 않고 포기하기는 싫었다.

조지아의 태양이 뙤약볕을 사정없이 쏘아대고 공기도 후텁지
근한 가운데 그들은 비에 흠뻑 젖은 강둑을 터벅터벅 걸었다. 월
터는 한 발 한 발 내디딜 때마다 배낭 멘 어깨가 점점 더 무겁게
짓눌리는 느낌이었다.

걷는 내내 포지는 평소와 다름없이 지치지 않고 조잘거렸다.

"테네시에 살 때 에벌라이나가 우리 집 거실에 탁아소를 차리
기로 했어. 단단히 잘못된 발상이었지!"

"어째서?"

"한 명도 아니고 여러 명의 아기가 온종일 울어대는 거 들어본
적 있니? 솔직히 에벌라이나가 인내심의 여왕은 아니거든. 기저
귀 갈아주고 바나나 으깨서 먹이고, 좌우지간 뭘 해도 아기들은
도무지 잠잠해지지 않아."

포지는 땀 때문에 자꾸 눈에 달라붙는 머리칼을 옆으로 치우며
말했다.

"특히 내 못생긴 얼굴을 보기만 하면 아주 악을 쓰고 울어대는
데 온 세상 바나나를 다 갖다 바쳐도 소용없을 것 같더라고."

월터는 자신의 성하지 못한 눈도 아기들을 울릴지 궁금해졌다.

포지의 수다는 계속됐다.

"언젠가 어니스트랑 나딘이…… 참, 너도 알지? 얼굴 한번 본

적 없는 내 할아버지와 할머니. 아무튼 언젠가 두 분이 내 앞으로 옷 상자를 하나 보냈어. 에벌라이나는 부모가 해준 거라곤 아무것도 없다는 소리를 입에 달고 살았는데, 어느 날 갑자기 그 사람들이 선심이라도 쓰듯 옷 상자를 보내온 거야. 에벌라이나는 상자를 도로 싸서 겉에다 '반송'이라고 썼어. 그러고는 그길로 우체국에 가서 부쳐버렸지."

돌연 월터가 우뚝 서서 한참 앞쪽의 강을 가리켰다.

"봐봐, 저기!"

포지는 입을 딱 벌리더니 곧이어 함성을 내질렀다.

셋은 강둑을 따라 달리기 시작했다. 육중한 배낭이 월터의 등을 털썩털썩 때렸고, 포지의 장화는 진흙 바닥을 저벅저벅 밟았고, 폭찹도 열심히 깡충깡충 뛰었다.

마침내 멈춰 선 월터와 포지는 서로를 향해 회심의 미소를 날리며 손바닥을 높이 들어 짝 마주쳤다.

바로 앞에 열기구가 있었다. 찢기고 더러운 천이 얕은 물에 둥둥 떠 있었다. 천과 연결된 바구니는 강 쪽으로 구부러진 측백나무 가지에 걸려 있었다.

열기구를 살펴보는 동안 월터의 심장이 힘차게 고동쳤다. 평생을 기다려온 모험이 드디어 찾아온 것 같았다. 하늘을 올려다보며 월터는 이 열기구가 구름 사이로 활공하는 모습을 상상했다.

"야, 이번엔 정말 끌어내야 해."

포지의 재촉이 월터의 행복한 백일몽을 방해했다.

"맞아."

월터는 흙탕물을 헤치며 걸어가서 열기구를 잡아당겨 보았다. 물뱀은 생각하지 않기로 했다. 용감해질 테다. 형이라면 분명 그랬을 테니까.

폭찹이 강둑에서 이리저리 폴짝대며 왈왈 짖었다.

월터가 말했다.

"지난번처럼 심하게 엉키지는 않았어. 끌어낼 수 있을 것 같아."

"물뱀은 어떡하고?"

월터는 걱정하는 포지를 안심시켰다.

"걱정 마. 넌 장화 신었잖아."

정작 물속에 선 자신은 맨다리에 운동화 바람이었다. 찰랑대는 물속에 잠긴 운동화를 내려다보니 조금 무서워졌다. 월터는 잠시 눈을 감고 형을 그려보았다.

형의 목소리가 들렸다.

'할 수 있어, 꼬맹아.'

포지가 말했다.

"글쎄, 모르겠네. 물뱀이 장화 속으로 들어오면 어떡해?"

월터는 평소의 자신이라면 절대 하지 않을 행동을 했다. 즉, 물속으로 더 깊이 들어가며 포지에게 일렀다.

"카이사르 로마노프의 규칙을 잊지 마. 긍정적으로 생각하라. 투덜대길 그만둬라. 얼른 와, 같이 당겨보자."

얼굴에 언뜻 놀란 기색이 스쳤지만 포지는 순순히 열기구 한 귀퉁이를 움켜잡고 끌어당기기 시작했다.

물에 잠긴 천은 월터가 예상했던 것보다 훨씬 무거웠다. 둘이서 힘을 합쳐 당기고 또 당겼다. 오래지 않아 월터도 포지도 온몸이 흠뻑 젖고 진흙투성이가 되었다. 숨이 턱 끝까지 찼지만 결국 열기구를 물에서 완전히 빼냈다.

"좋아, 이제 바구니를 저 나무에 묶어놓자. 그래야 다시 물살에 떠내려가지 않지."

월터는 배낭에서 나일론 밧줄을 꺼내 포지와 함께 바구니를 나무에 단단히 묶었다. 그런 다음 알록달록한 천을 둘둘 말아 강기슭의 작은 나무들과 덤불에 매어놓았다.

다 묶은 뒤 포지가 바로 앞에 있는 다리를 힐끔 올려다봤다.

"누가 보면 어떡하지? 저 다리를 건너는 사람들 눈에 띌 것 같은데."

포지의 말은 언제나 그렇듯 맞는 말이었다. 열기구가 있는 곳은 다리 쪽에서 쉽게 보이는 위치였다. 누가 보고 내려와서 가져가 버릴지도 모를 일이었다.

월터가 말했다.

"이러면 어떨까? 나뭇가지를 잔뜩 꺾어서 열기구를 덮는 거야.

위장술을 쓰는 거지."

그럴싸한 제안이라 그대로 실행하기로 했다. 월터의 배낭에서 꺼낸 원예용 가위와 가지 절단기로 이팝나무, 아로니아, 층층나무 따위의 잔가지를 잘라 열기구가 전혀 보이지 않을 때까지 꼼꼼히 덮었다.

마침내 둘은 뒤로 물러서서 자신들의 작품을 감상했다.

포지가 말했다.

"완벽해."

월터도 말했다.

"완벽해."

"이젠 어쩌지?"

"밴조 아저씨가 트럭을 고치는 대로 와서 가져가겠지."

월터의 대답을 듣고 포지는 주위를 둘러보았다. 도로 쪽은 무성한 덤불과 울창한 나무들로 막혀 있었다.

"트럭을 여기까지 갖다 댈 수 있어?"

월터가 씩 웃으며 눈썹을 찡긋찡긋했다.

"다리 근처에 강둑으로 통하는 벌목 도로가 있다는 걸 내가 알거든."

"벌목 도로가 뭐야?"

"아빠가 알려주셨어. 숲에서 벤 통나무를 강으로 가져와서 배에 신는댔어. 벌목 회사가 숲속에 낸 도로가 몇 군데 있어. 내가 그

길을 다 알아. 하나도 안 빼고 다 안다고."

포지가 월터의 등을 철썩 때리며 말했다.

"완벽해."

월터와 포지가 숲에서 튀어나왔고 뒤이어 폭찹도 명랑하게 왈
왈 짖어대며 나왔다. 밴조는 트럭 범퍼에 앉아 주머니칼로 손톱을
다듬느라 여념이 없었다.

포지가 외쳤다.

"밴조 아저씨!"

밴조는 가슴을 움켜쥐며 신음했다.

"으윽, 심장 떨어지겠네. 하마터면 손가락을 자를 뻔했잖아."

월터가 물었다.

"트럭은 고치셨어요?"

밴조의 얼굴이 일그러졌다.

"부품이 아직도 안 왔단다. 하지만 내 이것저것 살펴보러 왔지.

커티스가 데려다줬다."

포지가 말했다.

"음, 그거 알아요? 스타캐처가 비에 떠내려갔어요."

밴조의 얼굴이 축 늘어졌다.

월터가 말했다.

"하지만 우리가 찾았어요! 나무에 묶어두고 위장도 해놔서 아무도 못 알아볼 거예요."

대번에 밴조의 얼굴이 환해졌다. 두 눈이 반짝이고 입이 귀에 걸리면서 위로 꼬부라진 콧수염도 덩달아 올라갔다.

"아이고, 내가 죽일 놈이다! 너희 둘이 내 사랑하는 열기구를 구출해 내리라 믿지 못한 나 자신이 부끄러워 살 수가 없구나. 내 머리를 매달아야 마땅하지만 그 대신 너희와 힘차게 악수하며 나의 넘치는 기쁨을 유감없이 표하마."

밴조는 절뚝절뚝 다가와 월터, 포지와 차례로 악수했다. 그러고는 바로 그 자리에서 한 발로 콩콩대며 기괴한 춤을 췄다. 그 모습에 닭들은 식겁하며 흩어지고 폭찹은 왈왈, 그르렁댔다.

"너희가 날 절망의 구렁텅이 밑바닥에서 영원한 기쁨의 첨탑 꼭대기로 단숨에 끌어 올렸구나. 내게 과분한 축복을 쏟아부어 주었어."

월터가 말했다.

"되도록 빨리 열기구를 가져가셔야 해요. 우리가 잘 덮어놓긴 했지만 그래도 누가 발견하면 어찌 될지 몰라요.”

포지도 거들었다.

“누가 가져가면 어떡해요?”

밴조가 큰소리쳤다.

“그런 말 마라! 이 고장에서 주빌레이션 T. 페어웨더를 건드리고 싶은 사람이 없지는 않겠지만 난 걱정하지 않으련다. 왠 줄 알아?”

월터와 포지가 동시에 물었다.

“왜요?”

“왜냐면 걱정하는 일들 대부분은 실제론 일어나지 않거든. 그러니 너희는 이만 가봐라. 이 몸은 트럭에 올라 낮잠이나 좀 때려야겠으니까.”

밴조는 짐칸에 올라 낡은 담요 두 장을 펄럭이며 쏙 들어가더니 눈 깜짝할 새에 코를 골았다.

그날 저녁, 식탁에서 월터는 참치 그라탱을 깨작거리며 생각에 잠겼다. 밴조의 열기구를 찾아낸 일을 엄마에게 털어놓을지 말지 선뜻 결정하기가 어려웠다. 왜 그런 위험한 짓을 했냐고 야단맞거나 밴조 그 인간은 역시 제정신이 아니라는 얘길 또 듣게 될까 봐 걱정스러웠다. 하지만 말하기로 했다. 어쩌면 엄마도 기분이 좋아질지 모르니.

월터는 엄마에게 전부 들려주었다. 열기구가 부들 줄기에 걸려 있었는데 폭우로 강물이 불어 떠내려갔다고. 자신과 포지가 그걸 다시 발견해 나무에 묶었고 누가 볼 수도 있어서 잔가지로 덮어 위장했다고.

"조만간 엄마도 보시게 될 거예요. 밴조 아저씨가 얘기한 그대로예요. 일곱 빛깔 무지개색 바탕에 은색 별들이랑 금색 달들이 박혀 있어요. 좀 찢어지고 더러워졌지만 분명 아저씨가 고칠 수 있을 거예요. 열기구 이름은 스타캐처예요."

엄마는 포크를 내려놓고 월터를 향해 눈을 끔뻑끔뻑했다. 월터가 그곳에 있다는 걸 방금 알았다는 듯이.

"스타캐처?"

"네."

엄마는 월터 쪽으로 몸을 조금 숙였다.

"있잖아, 엄마는 밴조 아저씨가 너무 음, 특이하다고 생각했던 것 같아. 그래서 열기구 얘기도 다 허풍인 줄 알았어."

"아니에요, 사실이에요!"

월터는 엄마와 둘이서 이런 식의 대화를 나눈 것이 너무나 오랜만이어서 일단 시작하자 좀처럼 말을 멈출 수 없었다. 재잘재잘 떠드는 동안, 형의 방을 치운 일로 가슴에 맺혔던 응어리도 사르르 녹아 없어지는 기분이었다.

월터는 엄마에게 메이컨 카운티 키그랩 대회에 관해 설명하고,

밴조가 우승 상품인 픽업트럭을 노리고 있다는 얘기도 했다.

"생각해 봐요, 엄마. 하늘에 스타캐처가 떠다니는 모습을요. 다른 열기구들도 잔뜩 떠다닐 거예요."

엄마는 물끄러미 창밖을 내다보다 빙그레 미소를 지었다. 예전에 자주 짓던 진짜 미소였다.

"정말 근사할 것 같구나, 월터."

엄마는 식탁 위로 손을 뻗어 월터의 손등을 토닥여주었다. 월터에게 너무나 필요했던 다정한 손길이었다.

저녁을 먹고 나서 월터는 옆집으로 향했다. 폭찹이 깡충깡충 뛰어와 "컹" 하며 맞이했다.

"또 허풍 떠시는 중."

포지가 엄지로 밴조를 가리키며 한심하다는 듯 말했다.

현관 그네에 밴조와 에벌라이나가 나란히 앉아 있었다. 월터는 웃음이 나왔다. 확실히 밴조는 허풍에 일가견이 있었다.

빅 에드라는 사촌이 여섯 달 동안 돼지 껍데기와 비트만 먹고 25킬로그램을 감량했다나 뭐라나.

밴조 자신이 열 살 때 케일럽 형이 3달러를 주겠다고 해서, 살아 있는 가터뱀을 먹었다나 뭐라나.

자신의 할아버지가 홀라후프를 발명했다나 뭐라나.

지금은 비비탄총으로 다람쥐를 쏘아 맞히려 했던 얘기를 에벌라이나에게 떠벌리는 중이었다.

"비비탄이 공중전화 기둥을 스치면서 튀더니 고속도로에서 달려오던 크고 까만 리무진의 왼쪽 앞 타이어를 맞히더군요."

밴조는 에벌라이나 쪽으로 몸을 기울였다.

"그때 리무진 뒷문이 열리면서 누가 나왔는지 알아요? 난 진짜 숨이 멎는 줄 알았소. 글쎄, 돌리 파튼이 나오지 뭡니까! 맞아요, 그 세계적인 가수 말입니다!"

"설마요!"

에벌라이나가 놀라 외치자 밴조는 한 손을 척 들었다.

"이게 거짓말이면 내 벼락을 맞아 죽을 겁니다."

포지가 심드렁하게 중얼거렸다.

"아이고, 그러시겠죠."

"내가 이 문신을 왜 새겼겠습니까?"

밴조는 셔츠 소매를 걷어 올려 앙상한 팔에 있는 문신을 보여주었다. 큼지막하고 빨간 하트 가운데에 돌리 파튼의 얼굴이 떡하니 박힌 그림이었다.

에벌라이나는 웃음을 터뜨렸고 월터도 "우와!" 하며 감탄했지만 포지는 심드렁한 태도를 고수하기로 작정한 듯했다.

"에벌라이나, 밴조 아저씨한테 그 얘기도 해. 돌리우드였나, 돌리 파튼이 만든 놀이공원에 같이 갔을 때 코딱지만 한 롤러코스터를 타면서 멀미했다고."

에벌라이나는 얼굴을 붉혔다.

"포지, 그런 얘기는 아저씨가 별로 듣고 싶어 하지 않을 것 같아."

"잠깐 기다려봐."

포지가 발딱 일어나 집 안으로 들어가더니 사진이 가득 담긴 신발 상자를 들고 나왔다. 사진들을 마구 헤집다가 한 장을 꺼내 들었다.

"여기, 우리가 피전 포지에서 살았을 때."

밴조가 사진을 받아 들었다.

"음, 두 사람이 꼭 자매 같아요. 보시겠습니까?"

에벌라이나는 쑥스러운 듯 웃으며 "그럴 리가요" 하고 답했다.

포지가 다른 사진을 꺼냈다.

"이것도 봐봐. 이건 나랑 에벌라이나가 파인우드 더비라는 모형 차 경주 대회에 출전할 나무 차를 만드는 모습이야."

포지는 에벌라이나를 보며 물었다.

"기억나?"

"당연하지."

"그리고 이거. 대회에 출전하려고 엘크스 클럽에 갔는데 파인우드 더비는 보이스카우트 활동이라 여자애는 출전할 수 없다고 했잖아. 하지만 우리의 에벌라이나 님께서 문제를 바로잡아 주셨지. 그렇지, 에벌라이나?"

에벌라이나는 고개를 끄덕끄덕했다.

"그래서 어떻게 됐게? 나, 2등 했어."

밴조가 한마디 건넸다.

"참으로 진정한 투지와 배짱에 관한 얘기로다."

포지가 씩 웃었다.

"진정한 투지와 배짱. 나랑 에벌라이나를 한 줄로 요약하면 딱 그거지."

반딧불이 떼가 반짝이며 마당을 날아다니기 시작한 지 얼마 지나지 않아 커티스의 차가 덜커덩대며 자갈길을 달려왔다. 밴조는 평소처럼 무대 인사를 하듯 과장된 몸짓으로 허리까지 숙이며 밤 인사를 보내고서 차에 올라탔다.

월터는 차가 시야에서 사라질 때까지 지켜본 뒤 에벌라이나와 포지, 폭찹에게 잘 자라고 인사하고 집으로 돌아갔다.

다음 날 아침, 월터는 풀잎에 아직 이슬이 맺혀 있고 닭들도 막 잠에서 깰 무렵에 집 밖으로 뛰쳐나갔다. 7월 말, 동트기 직전의 공기는 여전히 무더웠고 바람 한 점 불지 않았다.

텃밭도 나른하게 무르익었다. 누런 덩굴에 매달린 주키니호박은 크고 통통하게 자랐다. 성근 격자망 사이사이에 제비콩 꼬투리들이 낭창낭창 늘어져 있었다. 씨앗 수확을 위해 남겨둔 몇 안 되는 상추들은 작고 하얀 꽃을 피워 올렸다.

월터는 트럭 위로 쑥 올라온 밴조를 보고 흠칫 놀랐다.

"어, 밴조 아저씨."

밴조는 허리를 쭉 펴고는 기름때 묻은 수건으로 손을 닦았다.

"어, 그래. 왔군, 젊은이."

"뭐 하세요?"

"점화플러그랑 이것저것 좀 확인하고 있었지. 그놈의 귀하신 마스터 실린더 부품이 구해지면 딱 끼우자마자 내 사랑 스타캐처를 신기에 최적의 상태가 되어야 하니 말이다."

월터는 빙그레 웃었다. 트럭은 핑계고 아마 에벌라이나를 보러 온 거겠지.

바로 그때 포지가 집에서 나와 "다들 왔네!" 하고 외치며 현관 계단을 뛰어 내려왔다. 폭찹도 옆에서 깡충깡충 따라왔다. 포지는 트럭 짐칸 끄트머리에 걸터앉은 밴조에게 봉지를 건네며 말했다.

"에벌라이나가 토마토 드시래요."

"에벌라이나, 에벌라이나!"

밴조는 꿈꾸듯 읊조리며 포지에게 봉지를 받아 들고는 눈을 지그시 감았다.

"그 영광스러운 이름을 읊조리는 것만으로도 이 순수하고 달콤한 조지아의 공기에 천상의 음악이 퍼지는 듯하구나."

"어우, 뭐래."

포지는 톡 쏘아붙이고는 짐칸으로 기어올라 밴조 옆에 앉았다.

"미국인들이 언제부터 토마토를 먹었게요?"

"네가 우릴 깨우쳐줄 듯하구나."

밴조는 월터를 돌아보며 찡긋 윙크했다.

"음, 한 이탈리아 화가가 1802년에 매사추세츠주 세일럼에 토마토를 가져왔는데 당시 사람들은 독이 있는 줄 알고 입에 대지도 않았대요."

포지는 모기 물린 다리를 벅벅 긁었다.

"그로부터 거의 40년이 지난 뒤에야 토마토가 먹어도 되는 채소라는 걸 알았다네요."

그러고는 밴조 쪽으로 몸을 기울였다.

"『지식의 조각들』에서 봤지요. 프랑스에서는 토마토를 '사랑의 사과'라고 부른대요. 진짜 이상하죠?"

"사랑의 사과라."

밴조는 봉투에서 토마토를 하나 꺼내 덥석 물고는 즙이 턱으로 주르륵 흐르게 내버려 두었다.

"친애하고 친애하는 에벌라이나가 내게 일말의 희망을 안겨주는구나. 애정의 징표, 마음속 깊은 곳의 진심을 넌지시 알려주는 은밀하고도 은밀한 상징이로다. 너도 동의하지?"

포지는 짐칸에서 폴짝 뛰어 쿵 소리를 내며 착지했다.

"희망 방울을 터뜨려 죄송한데요. 주빌레이션 아저씨, 난 동의 못 하겠네요."

밴조도 "끙" 하고 앓는 소리를 내며 짐칸에서 내려와 폭찹에게 토마토 하나를 던져주었다. 폭찹은 냉큼 받아 쩝쩝대며 먹었다.

밴조는 포지를 쿡 찔렀다.

"내 사랑의 행진에 이렇게 비를 뿌리기냐? 자, 나는 이만 실례

하마. 안으로 들어가서 자동차 부품점에 전화나 걸어야겠다."

그러고는 기세등등하게 마당을 가로질러 포지네 집으로 들어
갔다.

월터는 포지에게 물었다.

"열기구에 무슨 일이 생기기 전에 가지러 갈 수 있을까?"

포지는 어깨를 으쓱했다.

"아마도. 하지만 어쩐지 밴조는 딱히 행운의 사나이가 아닌 것
같아."

월터는 포지에게 카이사르 로마노프의 규칙 제1번 '긍정적으
로 생각하라'를 상기시킬 셈이었는데, 때마침 포지네 집 안쪽에
서 분노에 찬 욕지거리들이 줄줄이 흘러나왔다.

"어, 이런."

월터의 반응에 포지가 대꾸했다.

"내가 뭐랬어."

밴조는 마당을 절뚝절뚝 가로질러 오면서 멀쩡한 발로 자갈을
툭툭 차고 허공에다 주먹질을 해댔다. 그러더니 자동차 부품점과
그곳에서 일하는 직원들을 향해 길고 긴 저주를 퍼부었다.

마침내 밴조의 발광이 잦아들자 그 틈을 타 월터가 말했다.

"부품이 아직 안 왔나 봐요?"

밴조는 눈을 희번덕대며 마당을 휘둘러봤다.

"나 좀 말려줘, 젊은이. 맨손으로 닭 모가지를 비틀 참이니까."

월터가 밴조의 멜빵바지 뒤춤을 붙잡았고 포지는 야멸차게 쏘아붙였다.

"오버 좀 그만하고 진정하시죠?"

밴조는 여전히 시뻘건 얼굴로 콧김을 풍풍 내뿜으며 트럭에 몸을 기대고는 자신은 지지리 운도 없는 놈이라며 구시렁거렸다.

"스타캐처는 어떡해요?"

월터가 묻자 밴조는 힘없이 대답했다.

"트럭이 없으면 내 사랑하는 열기구를 구출할 길이 없구나. 대담무쌍한 모험의 꿈도 이루어질 수 없겠지."

포지도 고개를 끄덕였다.

"그렇겠지."

월터는 눈을 휘둥그레 뜨고서 밴조와 포지를 번갈아 쳐다보며 말했다.

"그래서 그냥 손 놓고 앉아서 아무것도 안 하겠다고요? 지금 이 순간에도 누군가 열기구를 가져가 버릴지 모르는 판에?"

"그럼 어쩌냐? 아무짝에도 쓸모없는 트럭이 여기 퍼져서는 꿈쩍도 못 하는데. 트럭 없이는 내 사랑 스타캐처를 되찾아 올 수 없단 말이다."

바로 그때 아주 놀라운 일이 벌어졌다.

월터가 꿈에도 생각지 않은 말을 내뱉었다. 백만 년이 지나도 절대 입 밖에 내지 않을 법한 말이었다. 잠깐의 망설임도 없이 그 말이 저절로 튀어나왔다.

"나한테 트럭이 있어요."

포지가 입을 딱 벌린 채로 월터를 멍하니 쳐다보았다. 밴조는 어리둥절한 표정이었다.

월터도 놀라긴 마찬가지였다.

'내가 지금 무슨 말을 한 거야? 나한테 트럭이 있어요?'

분명 그렇게 말했다. 자신이 뱉은 말이 월터의 머릿속에서 팽글팽글 돌았다.

그때 두 단어가 머릿속에서 춤추는 단어들 틈을 비집고 나왔다. '아니야'와 '잊어버려'. 얼른 둘을 합쳐서 '아니야, 잊어버려'라고 말해야 했다. 하지만 말할 틈이 없었다.

벌써 포지가 방방 뛰면서 환호했기 때문이다.

"그래, 이제야 말이 통하네!"

밴조도 말을 보탰다.

"음, 제대로 한 방 날리는구먼, 젊은이. 왜 진즉 말하지 않았나? 드디어 문제가 해결됐어!"

월터는 헛간 쪽으로 힐끔 시선을 던지며 우물쭈물 말했다.

"그런데 운전은 나만 할 수 있어요."

포지와 밴조가 조용해졌다.

월터의 마음은 소란스러워졌다.

'대체 무슨 생각으로 한 말이야? 내가 저 트럭을 어떻게 몰아?'

아니, 몰 수 있지 않을까?

물론 갈아엎은 콩밭에서 트럭을 몰아본 적은 있었다. 하지만 그 때는 형이 옆에 있었다. 더군다나 이번에 운전해 갈 곳은 콩밭 따 위와 차원이 달랐다.

게다가 감히 형의 트럭을 강기슭에 가져갈 수는 없었다.

아니, 가져가도 괜찮지 않을까?

'그러다 차가 긁히기라도 하면? 그보다 더 심한 사태가 벌어지 면? 엄마한테는 뭐라고 한담? 트럭을 몰도록 허락해주실 리가 없 는데.'

포지가 턱을 톡톡 두드리며 하늘을 올려다봤다.

"계획을 세워야 해."

밴조가 말했다.

"계획? 아이고, 답답한 소리! 계획할 게 뭐 있냐? 트럭을 몰고 강으로 가서 스타캐처를 싣는다. 상황 종료.”

포지가 일렀다.

“진정해요, 주빌레이션 아저씨. 월터, 아저씨한테 트럭에 대해 말씀드려.”

월터는 발치에 난 풀을 내려다봤다.

마당에서 어슬렁대는 닭들을 건너다봤다.

현관 앞에 누워 꼬리를 씰룩거리며 햇볕을 쬐는 고양이 두 마리를 쳐다봤다.

그러고는 바닥에 앉아서 자신의 운동화에 시선을 고정한 채 밴조에게 형 얘기를 털어놓았다.

고등학교 미식축구팀 주장이었고, 8학년을 2년 동안 다녔다고.

자신에게 현관 계단에서 피클 병 안으로 침 뱉는 법을 가르쳐줬다고.

언젠가 오토바이를 몰다가 교회 정문을 뚫고 들어간 적도 있었다고.

핫도그 먹기 대회에서 3년 연속 우승했고, 가끔은 학교를 빼먹기도 했다고.

“한번은 형이랑 나랑 19번 국도를 벗어나 흙길을 몇 군데 달린 끝에, 갈아엎은 콩밭까지 갔어요.”

그때를 떠올리면 월터는 절로 미소가 피어올랐다.

“형이 콩밭 한가운데로 직진하더니 나더러 운전해 보라는 거예요. 속도를 올렸다가 운전대를 홱 당기면 트럭이 빙글빙글 돈다는 것도 알려줬어요. 붉은 먼지며 자갈들이 사방팔방으로 튀는데 그때 형이 지른 함성을 아저씨도 들어봤어야 해요."

그때 그 느낌을 월터는 절대 잊을 수 없을 것이다. 형제는 붉은 먼지구름을 어마어마하게 일으키며 콩밭 이곳저곳에 거대한 동그라미 모양으로 바퀴 자국을 잔뜩 남겨놓았다.

이제 꺼내기 힘든 얘기를 밴조에게 털어놓을 차례였다.

형이 군에 들어가 영원히 돌아올 수 없게 되었다고.

형이 입대하면서 자신이 트럭을 잘 돌보기로 약속했다고.

"지금까지 정말 정성껏 돌보고 있어요. 그래서 나만 운전할 수 있다는 거고요."

밴조는 "끙" 하며 월터 옆에 털썩 앉았다.

"내가 살면서 진짜 실망스러운 일을 많이 겪은 건 아니다만 네 형을 만나본 적 없는 건 진심으로 애석하구나."

월터는 가만히 고개를 끄덕였다. 턱이 파르르 떨려왔다.

밴조가 무릎을 탁 치며 덧붙였다.

"하, 피클 병 안에다 침을 뱉을 수 있는 사나이라니. 내 존경해 마지않는 부류야."

턱의 떨림이 멎었다. 월터는 미소를 지었다. 옅은 미소였지만 그래도 분명한 미소였다.

그때 포지가 끼어들었다.

"자, 이제 회의합시다. 남은 문제들을 해결해야죠?"

밴조가 얼떨떨한 얼굴로 포지를 올려다봤다.

"남은 문제? 무슨 문제?"

포지는 밴조와 월터 앞에 쪼그려 앉아 문제들을 줄줄 읊었다.

"우선 에벌라이나랑 월터 엄마는 어떡하죠? 또 열 살 남자애가 트럭을 몰아야 한다고요. 그리고 열기구가 있는 강둑까지 트럭을 가져갈 수는 있을까요?"

포지가 말을 마치자 밴조가 불쑥 상체를 앞으로 숙이며 말했다.

"내 말 잘 들어, 아가씨. 그루터기를 돌아가면 삶이 더 간단해져."

"그게 무슨 말이에요?"

"무슨 말인고 하니 너희가 문제라 일컫는 것들은 그저 그루터기에 지나지 않는다는 뜻이지."

밴조는 월터의 등을 툭 치고서 이어 말했다.

"그러니 돌아가자, 이거야."

폭찹이 텃밭에서 어슬렁거리는 고양이들을 향해 왈왈 짖어대는 동안 월터와 포지, 밴조는 밴조의 트럭 짐칸에서 카드놀이를 했다.

진짜 노는 건 아니었다. 그저 카드놀이를 하는 척했다. 포지의 아이디어였다.

"좋아요, 그럼 그루터기를 돌아갈 방법을 모색해 보자고요. 근데 여기 그냥 앉아서 수군덕대면 수상해 보일 거예요. 금방 돌아올게요."

포지가 밴조를 향해 자신의 전매특허와도 같은 눈알 굴리기 기술을 과시하며 이렇게 말하고는 집으로 뛰어들어 카드 세트를 가지고 돌아온 것이었다.

그리하여 이렇게 모여 앉아 카드놀이를 하는 척하며 실제로는 그루터기를 돌아갈 방법을 함께 궁리하는 중이었다.

포지가 말했다.

"내가 보기에 가장 큰 그루터기는 음, 에벌라이나랑 코라 아줌마예요. 트럭을 강으로 가져가게 내버려 두실 리 없어요. 특히 월터가 운전한다고 하면 두 분 다 펄쩍 뛰시겠죠."

월터가 "맞아"라며 고개를 끄덕였다.

밴조도 "그렇지"라며 맞장구쳤다.

"하지만 물론 내게는 번뜩이는 아이디어가 있지요."

포지의 말에 월터와 밴조는 손에 카드를 쥔 채 포지 쪽으로 몸을 기울였다.

"내가 은밀히 엿듣기 기술을 발휘해 두 가지 결정적인 정보를 얻었어요."

월터가 물었다.

"뭔데?"

"뭐냐면……."

포지가 검지를 쳐들었다.

"첫째, 에벌라이나는 너희 엄마가 뭔가에 취미를 붙여야 한다고 생각해. 그래야 첫째 아들 생각을 덜 할 거라고."

불현듯 포지는 얼굴을 붉히며 얼른 "미안" 하고 덧붙였다.

월터는 고개를 끄덕였다.

"괜찮아."

"그래서 너희 엄마한테 퀼트를 배워보시라고 권했어. 자기가 가르쳐준다고. 에벌라이나가 한 퀼트 하거든. 지역축제에서 우승하며 받은 블루리본만 해도 여러 개야."

밴조가 말했다.

"자네가 툭하면 나한테 신나게 던지는 말을 되돌려줄 순간이로군. 도대체 본론은 언제 나오나?"

"둘째, 오늘 아침에 보니 이게 우편함에 있더라고요."

포지는 접힌 종이 한 장을 주머니에서 꺼내 팔락 흔들어 펼치고는 월터와 밴조가 볼 수 있게 들어 올렸다.

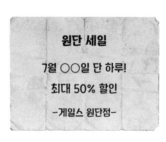

밴조가 벙긋 웃었다.

"좋았어! 분명 여기로 가겠구먼."

카드 패를 탁 내려놓으며 밴조는 "끝!" 하고 외쳤다.

월터도 카드를 팽개치듯 내려놓았다.

"글쎄, 정말 오늘 두 분이 시내로 가실까?"

포지가 고개를 저으며 전단지에 적힌 날짜를 가리켰다.

"아니, 오늘이 아니라 내일이야. 내가 에벌라이나를 부추겨서
너희 엄마랑 같이 가게 할 거야. 내가 막 흥분해서 얘기하면 에벌
라이나도 밤새 신나서 떠들걸?"

월터가 말했다.

"하지만 우리 엄마는 외출을 끊었는걸. 어디에도 안 나가셔. 여
기라고 과연 가실지 모르겠어."

밴조는 짐칸 난간에 등을 기대더니 작업복 멜빵끈에 엄지를 끼
우고 천천히 고개를 저었다.

"이봐, 월터. 나 주빌레이션 T. 페어웨더의 출중한 능력을 잊은
겐가. 백마 탄 왕자님의 매력, 시인의 유창한 말발, 뱀한테 다리가
있다고 믿게 할 수 있는 놀라운 설득력의 소유자가 바로 이 몸 아
니신가."

밴조는 카드를 그러모아 섞기 시작했다. 또 한판 벌이는 척 카
드 패를 돌리면서 덥수룩한 눈썹 사이로 월터를 쳐다보며 미소를
머금고 말했다.

"네 엄마는 내일 에벌라이나와 함께 시내로 가실 거다. 내 장담하지."

월터와 포지가 서로 눈을 맞추고 하이파이브를 했다.

이제 한 그루터기는 돌았다. 하지만 나머지는 어떻게 돌아가야 할까?

"좋아, 그건 됐고. 그럼 다른 문제들은 어떡할까?"

포지가 밴조를 힐끔 보더니 고쳐 말했다.

"다른 그루터기들 말이야."

월터가 물었다.

"음, 이를테면?"

"좋아, 빤한 것부터 시작하자. 너, 트럭 몰 줄 알아?"

월터는 애써 태연하고도 자신만만한 표정을 지으며 "응" 하고 대답했지만 실은 자신이 없었다.

밴조가 월터의 팔을 툭 쳤다.

"명예로운 사나이라는 믿음을 심어주려면 명예로운 사나이의 법도를 따라야 하지."

"어떤 법도요?"

"아, 좀 많은데 일단 하나만 알려주마. 명예로운 사나이가 '응'이라고 말할 때는 말 그대로 '응'이어서 '응'이라고 하는 거다."

밴조는 월터 쪽으로 몸을 기울였다.

"자네는 명예로운 사나이인가?"

"음, 네."

대답하긴 했지만 월터는 얼굴이 화끈거렸다. 얼굴을 붉히는 바람에 덜 명예로워 보일 것 같아 신경이 쓰였다.

하지만 월터는 분명 형의 트럭을 몰 줄 알았다. 한두 번도 아니고 최소한 서너 번은 몰아봤다. 사실 그리 어려운 일도 아니었다. 액셀을 밟으면 전진, 브레이크를 밟으면 정지. 간단하잖은가?

포지가 말했다.

"이 그루터기는 어떻게 돌아간담? 열 살 남자애가 고속도로에서 운전한다고? 하모니 사람들 전부 경찰에 신고할걸?"

포지는 머리를 흔들었다.

"미안, 아무래도 이건 안 되겠어."

월터는 생일이 코앞이니 열한 살이나 다름없다고 지적하려다가 요점은 그게 아니니 그냥 넘어가기로 했다. 대신 다른 얘기를 했다.

"내가 길을 좀 알아. 고속도로 같은 큰길을 피해서 강까지 갈 수 있어."

밴조가 눈썹을 추켜세웠다.

그걸 보고 월터가 다시 말했다.

"벌목 도로가 있거든요."

포지가 반색했다.

"아, 그렇지! 아저씨한테 벌목 도로가 뭔지 말씀드려."

"숲을 관통하는 도로들이 있어요. 전 거길 아빠 따라서 많이 다녀봤고요. 잡초며 뭐며 길이 엄청 험하긴 한데 트럭이 다닐 만은 할 거예요."

월터는 몸을 숙이고 속삭였다.

"채터후치 다리로 통하는 도로가 있어요. 스타캐처가 있는 데랑 가까워요."

그러고는 잠시 뜸을 들이다 이어 말했다.

"트럭을 가까이 대지 못해서 열기구를 싣지 못하는 일은 없을 거라고 봐요."

"하지만 벌목 도로로 가기 전에 트럭을 헛간에서 몰래 끌고 나오는 것부터가 문제잖아."

포지가 걱정하자 월터는 주위에 자신들 말고는 아무도 없는 것을 확인한 뒤 이번에는 정말 자신 있게 대답했다.

"그건 제일 돌아가기 쉬운 그루터기야. 내가 아주 어렸을 때, 아빠가 트럭 운전 일을 시작하시기 전에 강 건너 제재소에서 일하셨거든. 원래는 고속도로를 타고 한참을 돌아가야 했는데 아빠랑 아빠 친구분들이 헛간 뒤편으로 길을 뚫어놨어. 아까 말한 그 벌목 도로로 이어지게 말이야. 덕분에 아빠 출퇴근 시간이 훨씬 단축됐지."

밴조가 무릎을 탁 치며 기침 섞인 웃음을 터뜨렸다.

"하, 그게 내 평생에 최고의 희소식이 아니면 달리 뭐가 최고의 희소식일지 모르겠구나. 월터, 자네는 진정 명석하고 명예로운 사나이야."

세 사람은 뿌듯한 얼굴로 서로를 쳐다보았다. 해냈다. 그루터기를 모두 돌았다.

하지만 불현듯 월터의 머릿속에 또 하나의 그루터기가 솟아났다.

즉시 월터의 표정이 굳어졌다.

"어, 이런."

포지와 밴조는 가만히 월터의 눈치만 살폈다.

이윽고 월터가 말했다.

"스타캐처를 트럭에 실으면 그다음엔 어떡하지? 여기로 가져올 수는 없잖아. 엄마랑 에벌라이나 아줌마가 우리가 한 일을 알게 될 텐데."

실망감이 똘똘 뭉쳐 배 속에 콱 박히는 느낌이었다. 역시 이 계획은 성공할 수 없는 것인가.

그때 밴조가 잔뜩 멋을 부리며 카드 패를 던졌다.

"더없이 훌륭하고 교활한 이 계획에 내 천재성을 가미할 기회를 다오."

월터는 몸을 기울였고 포지는 눈썹을 올렸다.

"우연히도 고속도로를 타지 않고 채터후치 다리에서 우리 집 뒷문으로 곧장 가는 길을 내가 알지 뭐냐. 다리 끝에서 왼쪽으로 꺾으면 고속도로를 벗어나 허허벌판으로 진입한다. 그 벌판을 가로질러 400미터만 달리면 파인산 경계를 건너게 되지. 그리로 쭉 400미터를 더 달리면 주빌레이션 T. 페어웨더 님의 영지에 들어서게 된다."

밴조는 월터와 포지에게 회심의 미소를 날렸다.

포지가 물었다.

"울타리나 소 떼나 뭐 그런 건요? 아무것도 없어요?"

"없다. 어떻게 아느냐고? 내 당당히 인정하지. 어쩌면 말이야, 내가 어쩔 수 없이 한두 번쯤 야밤에 그리로 질러가야만 했던 사정이 있었는지도 모르겠구나."

밴조는 상체를 숙이며 속삭였다.

"아마 내가 한두 번쯤 포커 판에서 살짝 손재주를 부렸을 거야. 그게 거기 있던 고약한 반푼이 몇 놈의 심기를 건드렸을까? 글쎄, 놈들이 나로선 알고 싶지도 않은 이유로 집까지 쫓아오려 하지 뭐냐. 그래서 이 늙은 밴조가 그 벌판을 통과하는 지름길을 한두 번쯤 무척 편리하게 써먹었다, 이 말씀이야."

월터가 물었다.

"정말 제가 다리에서 아저씨 집까지 무사히 트럭을 몰 수 있다고 생각하세요?"

"자네라면 신뢰할 수 있다네, 월터 군. 물론 주빌레이션 T. 페어웨더의 신뢰는 황금처럼 보배롭지."

갑자기 차 한 대가 요란한 소리를 내며 달려와 밴조의 트럭 옆에 섰다. 차창이 내려가자 밴조가 그쪽을 향해 말했다.

"커티스? 아무 말 말게. 커주는 오늘 주주들을 모시는 이사회에 참석해야겠지. 아니면 주말을 즐기러 마이애미로 요트를 끌고 가야 하거나."

밴조는 친구인지 아닌지 불분명한 커주에 대해 또 뭐라 뭐라 꿍얼대며 짐칸에서 내려갔다. 곧이어 커티스의 차에 올라타고는 월터와 포지에게 손을 흔들었다.

월터는 짐칸 난간에 등을 기댄 채 살며시 미소를 지었다.

이제야말로 그루터기를 모조리 돌았다.

좋은 예감만 들어야 하는데 월터는 아주 약간이지만 못내 불안한 마음을 좀처럼 떨칠 수 없었다.

'정말 내가 할 수 있을까?'

그날 밤, 월터는 그 꿈을 꾸었다.

똑같은 사람들.

똑같은 케이크.

모든 게 똑같았다.

언제나 그렇듯 촛불을 끄려고 숨을 크게 들이마시는 순간에 꿈에서 깼다.

어둠 속에 그대로 누워 천장을 바라보며 눈을 깜빡였다. 은색 달빛이 월터의 방을 어슴푸레하게 비추고 있었다.

월터는 까치발로 살금살금 창가로 가서 여름 밤하늘을 올려다봤다.

별들이 반짝였다. 가끔 먼 하늘에서 소리 없는 번개가 번쩍 내리꽂혔다. 마당 곳곳에서는 귀뚜라미 소리가 잔잔하게 울렸다.

월터는 눈을 감고 형을 그려보았다. 깨진 앞니를 드러내며 활짝 웃는 탱크 형을.

바로 그 순간 이루 말할 수 없이 신기한 일이 일어났다.

"내 세상을 보여주마."

분명 형의 목소리가 생생하게 들렸다.

눈이 번쩍 뜨였다. 월터는 휙 돌아봤다. 가죽 재킷을 입은 형이 거기 있을 것 같아서.

하지만 당연히 형은 없었다. 그저 월터의 상상이었을 뿐이다.

상상 속의 형은 월터의 팔을 가볍게 툭 치며 이렇게 말하기도 했다.

"그래, 꼬맹아. 넌 할 수 있어."

월터는 어둑한 방에 대고 속삭였다.

"정말?"

맹세코 월터는 형의 목소리를 들었다.

"당연하지! 일단 해봐!"

그러자 마치 거짓말처럼 순식간에 마음이 차분해졌다. 머릿속을 어지럽히던 불안과 걱정이 창밖으로 날아가 밤하늘의 별들 사이로 사라졌다. 그 모습이 월터의 눈에는 정말로 보였다.

할 수 있다. 형의 트럭을 몰고 강으로 가서 스타캐처를 구출해 낼 수 있다.

맙소사, 당장 내일이다.

내일 월터는 스타캐처를 구할 것이다.

"유후!"

현관 계단에 앉아 있던 월터가 고개를 들었다. 에벌라이나가 마당을 가로질러 텃밭으로 가고 있었다. 포지와 폭찹도 에벌라이나를 뒤따라갔다. 텃밭에선 월터의 엄마인 코라가 호박을 따는 중이었다.

에벌라이나가 다채로운 색깔의 삼각형 천을 기워 누빈 퀼트 이불을 들어 보였다.

"짜잔, 우리가 첫 번째로 만들 퀼트 패턴이에요."

코라가 대답했다.

"예쁘네요, 에벌라이나. 하지만 글쎄요, 아무래도 난 재봉사 체질이 아니어서."

에벌라이나는 손을 저었다.

"재봉사요? 아유, 이 패턴은 진짜 식은 죽 먹기예요. 그리고 그 거 알아요?"

"뭘요?"

에벌라이나는 앞치마 주머니에서 전단지를 꺼내 들었다.

"게일스 원단점 반값 할인! 이건 그냥 넘어갈 수가 없죠. 같이 가요. 원단 고르는 거 도와줄게요."

코라가 퀼트 이불을 들여다봤다.

"글쎄요, 내가 이런 걸 할 수 있으려나."

"막상 해보면 재밌을걸요. 우리, 시내로 가서……."

갑자기 폭찹이 미친 듯이 짖어대며 집 앞 도로로 튀어 나갔다. 시뻘게진 얼굴로 씨근대며 나타난 사람은 다름 아닌 밴조였다.

밴조가 절뚝절뚝 걸어오며 말했다.

"저기 고속도로에서부터 걸어왔지 뭡니까. 커주가 여기까지 날 태워다줄 인간이 아니지요."

폭찹은 밴조의 주위를 돌며 계속 무는 시늉을 했다.

"요 미친 강아지 좀 치워줄래?"

포지가 냉큼 달려가 폭찹의 머리에 손을 얹었다.

"진정해, 폭찹. 험상궂게 생겼지? 그래도 보기보단 착한 아저씨 야."

붉으락푸르락하던 밴조의 얼굴이 별안간 풀어지더니 두 눈에 반짝반짝 감탄의 빛이 서렸다.

"이런, 에벌라이나! 그 정교한 퀼트 작품을 설마 손수 만드셨나요?"

에벌라이나의 얼굴이 발그레해졌다.

"아, 예, 제가 만들었어요."

밴조는 두 팔을 들어 올렸다가 툭 떨어뜨렸다. 그러고선 포지를 돌아보며 물었다.

"도대체 네 어머니께선 못 하시는 게 뭐냐?"

포지가 뭐라 대꾸하려 입을 열었지만 밴조가 손을 들어 막았다.

"아니다, 대답을 들어 무엇 하겠니."

밴조는 에벌라이나에게 말했다.

"그렇게 찬연한 퀼트 이불을 만들 수 있는 사람은 이미 천국의 한 자리를 예약해 둔 것이나 다름없습니다. 천사들이 바로 그런 이불을 덮고 자겠지요."

포지가 진저리를 쳤다.

"와, 미치겠네 정말."

에벌라이나는 쿡쿡 웃었다.

"그 말솜씨를 누가 당해낼까요, 밴조 씨. 여기 코라한테도 한 말씀 해주실래요? 같이 시내로 가서 원단을 사 오자고 꼬드기는 중이었거든요. 코라도 이런 이불을 만들어보라고 말이에요."

밴조는 절뚝절뚝 다가왔다.

"그래요, 여사님. 두말할 것 없지요. 여사님께서도 이것과 똑같이 훌륭한 퀼트 작품을 만들어내실 수 있습니다."

"글쎄요, 전 모르겠네요. 바느질은 잘 못……."

밴조가 코라의 말을 도중에 잘랐다.

"여사님! 여사님께서 마음만 먹으시면 뭐든지 가능합니다. 보세요, 축복받은 이 집 식구들에게 풍부한 자양분을 제공하는 이 텃밭을요. 그리고……."

밴조는 닭장을 향해 팔을 쭉 뻗으며 이어 말했다.

"저 운 좋은 닭들 좀 보세요. 저렇게 행복해 보이는 닭들은 이제껏 본 적이 없답니다."

밴조는 닭장 쪽으로 고개를 숙이고서 길고 무성한 눈썹 사이로 닭들을 쳐다봤다.

"이날 이때까지 본 닭이 몇 마리인지 헤아릴 수조차 없을 정도인데도요."

그러고는 월터의 등을 철썩 때리며 덧붙였다.

"더구나 이렇게 훌륭한 젊은이를 키워내신 분이라면 응당 저것처럼 아름다운 퀼트 작품을 만들지 못할 까닭이 없지요."

포지가 핀잔을 놓았다.

"치, 애 키우는 거랑 퀼트랑 무슨 상관이람."

밴조가 포지를 쏘아보았다. '내 알아서 할 터이니 눈치 없이 끼어들지 마'라는 말을 대신하는 눈총이었다.

코라는 흘끗 하늘을 보았다.

"글쎄요, 비가 올지도 모르겠네요. 시내로 가는 건 그다지 내키지 않아요. 비가 오면 더더욱요."

에벌라이나가 끼어들었다.

"아유, 코라, 말도 안 되는 핑계인 거 알죠? 오래 걸리지 않아요. 원단 고르는 건 내가 도와준다니까요? 재미있을 거예요."

코라는 월터를 건너다보았다.

"월터를 혼자 두기도 그렇고……."

밴조가 불쑥 말했다.

"그건 걱정 마십시오! 제 이름 '밴조' 앞에 늘 따라붙는 수식어가 몇 개 있답니다. '든든한' 밴조, '믿음직한' 밴조, '노련한' 밴조. 제가 이런 사람입니다. 그러니 아리따운 두 여인께서 소중한 아이들을 맡기셔야 한다면 이보다 더 유능한 보호자를 찾기도 어려울 겁니다."

에벌라이나가 눈썹을 올리며 코라에게 동의를 구하는 눈빛을 보냈다.

"애들은 별일 없을 거예요, 코라."

그러고는 밴조를 돌아봤다.

"그동안 밴조 씨는 우리 집 현관의 부서진 난간을 수리해 주실 수 있겠네요. 해주신다고 하셨잖아요."

밴조는 거들먹대며 콧수염 끝을 또르르 말았다.

"그대가 원하시면 내 뭐든지 고쳐드리지요."

코라가 월터에게 손가락질하며 당부했다.

"집에 얌전히 있어야 해. 고속도로 근처로 가거나 숲속에서 어슬렁거리지 말고."

월터는 최대한 엄숙한 표정으로 고개를 끄덕였다. 죄책감이 얼굴에 드러나지 않게 안간힘을 써야 했다. 지금껏 어른 말을 거역해 본 적이 없다시피 했기 때문이다.

하지만 이따가 월터는 엄마의 말을 거역하고 고속도로 근처로 갈 것이다. 그래도 숲속에서 어슬렁거리지는 않을 것이다. 암, 고작 어슬렁거리는 정도는 아니고 말고.

월터가 죄책감과 흥분을 감추고 평소처럼 보이려고 애쓰는 가운데 에벌라이나와 코라는 각자 가방을 챙겨 에벌라이나의 차에 함께 올랐다.

월터와 포지, 밴조는 에벌라이나의 차가 시야에서 사라지고 소리도 점차 희미해질 때까지 꼼짝 않고 서 있었다.

이윽고 차 소리도 들리지 않게 되었다. 밴조의 커다란 환호성이 정적을 깨뜨림과 동시에 포지가 흥겹게 원을 그리며 뛰어다녔다. 폭찹도 포지의 발꿈치를 쫓아다니며 장난스레 쪼아댔다.

포지가 외쳤다.

"갑시다, 여러분! 스타캐처를 구하러!"

세 사람은 헛간으로 향했다. 월터가 심호흡한 뒤 문을 열어젖혔다. 아침 햇살처럼 빛나는 트럭의 자태가 모두의 눈에 들어왔다.

얼룩 한 점 없었다.

지문 하나 묻지 않았다.

먼지 한 톨 붙지 않았다.

월터는 흙받기를 손바닥으로 살며시 쓸고는 옆면의 주황색 불꽃과 뒷문의 번개에도 그렇게 했다.

"차라리 개를 쓰다듬지 그러냐? 그걸 몰기는 할 거냐?"

밴조가 성마르게 재촉했지만 그래도 말끝에 한마디를 보탰다.

"그나저나 아주 근사한 트럭인걸."

월터는 트럭 문을 열고 운전석에 올라탔다.

"정말 내가 운전하지 않아도 되겠냐?"

밴조의 말에 월터는 끄덕였다.

"네, 제가 할래요."

분명 형도 월터가 운전하길 바랄 것이다. 월터가 용감해지기를, 다른 누구에게도 이 트럭의 운전대를 내주지 않기를 바랄 것이다.

포지가 가운데 자리에 올라 폭찹에게 자기 무릎에 앉으라고 손짓했다. 그다음으로 밴조가 낑낑대며 올라탔다. 지저분한 깁스를 트럭 안으로 올리면서는 "끙" 하고 앓는 소리를 냈다.

월터는 조수석 서랍에서 열쇠를 꺼내 시동을 걸었다. 라디오가 켜지면서 형이 사랑해 마지않던 컨트리음악이 우렁차게 울려 퍼졌다.

밴조가 손을 뻗어 라디오를 껐다.

"여봐라, 우리가 간다, 하고 동네방네 소문낼 셈이냐?"

월터는 운전대 쪽으로 당겨 앉았다. 운전석 끄트머리에 걸터앉아야 간신히 발끝이 액셀에 닿았다. 어쨌든 위치를 잘 잡고 브레이크에도 발이 닿는지 확인했다.

조심조심 기어를 후진에 놓았다. 액셀을 살짝 밟자 트럭이 움직이기 시작했다. 뒤로, 뒤로, 뒤로 살살 움직여 마침내 헛간을 완전히 빠져나왔다.

월터는 눈을 감고 숨을 깊이 들이마신 뒤 내쉬었다.

다시 눈을 뜨고 포지와 밴조를 돌아봤다.

"그럼, 가볼까요?"

"헛간 문 좀 닫아주실래요, 아저씨?"

월터의 말에 밴조는 손을 내저었다.

"됐다, 그냥 가."

"저기, 만일 우리보다 엄마랑 아줌마가 먼저 돌아오시면 헛간 문이 닫혀 있어야 조금이라도 시간을 벌 수 있어요. 아니면 대번에 알아채실걸요."

월터는 불안한 눈빛으로 헛간을 바라보았다.

"하지만 뭐, 우리가 먼저 돌아오면 되지만요."

포지가 밴조를 팔꿈치로 찔렀다.

"월터 말이 맞아요. 가서 문 닫고 오세요."

밴조는 구시렁대며 마지못해 트럭에서 내려 헛간 문을 닫고 돌아왔다.

밴조가 다시 트럭에 오르자 포지가 노래를 부르기 시작했고 폭 찹은 흥에 겨워 꼬리를 흔들어댔다.

"우리는 이륙한다. 저 창공 너머로!"

월터가 신경질을 냈다.

"조용히 해! 집중해야 한단 말이야."

포지가 입을 딱 다물고 째려보자 월터는 얼른 사과했다.

"미안."

월터는 목을 쭉 빼고 룸미러를 주시하며 조금 더 후진했다. 그런 다음 기어를 전진으로 바꾸고 헛간 옆을 돌아서 뒤편으로 갔다. 정말 숲속으로 트럭 한 대가 너끈히 지나갈 만한 비포장도로가 나 있었다.

월터는 천천히 숲으로 트럭을 몰았다. 트럭은 떨어진 나뭇가지를 밟고 지나며 크게 튀어 올랐다 떨어지거나 마른 덤불 더미 위를 달리며 심하게 요동치기도 했다. 차체가 흔들릴 때마다 룸미러에 매달린 편자 목걸이도 앞뒤로 마구 흔들렸다.

얼마 지나지 않아 벌목 도로가 나타났다.

월터가 말했다.

"여기서 좌회전해야 해. 가다 보면 강으로 통하는 도로가 또 나올 거야."

수풀이 우거진 좁은 흙길을 덜커덩대며 달려가는 동안 아무도 입을 열지 않았다.

월터는 온몸에 힘을 잔뜩 준 채 운전대 너머 전방을 살피며 발끝으로 액셀과 브레이크를 번갈아 밟았다. 긴장과 불안에 심장이 두방망이질하고 벅찬 흥분에 배 속이 울렁거렸다. 자신이 지금 무엇을 하고 있는지 알면서도 믿기 어려울 지경이었다.

월터는 지금 형의 트럭을 몰고 숲속을 달리고 있었다. 틀림없이 형도 자랑스러워할 것이다. 형이 있었다면 등을 철썩 때리면서 "잘했다, 꼬맹아!"라고 칭찬할 것이다.

이따금 덩굴과 덤불이나 소나무 잔가지 따위가 트럭 옆면을 스쳤다. 그때마다 월터는 형의 소중한 트럭이 긁힐세라 속이 까맣게 타들어 갔다.

마침내 마지막 굽이를 돌자 저 앞에 강이 보였다.

포지는 엉덩이를 들썩들썩했고 폭찹은 기쁘게 왈왈 짖었으며 밴조는 계기판이 드럼인 양 손끝으로 두드려 두두두두 효과음을 냈다.

길 쪽으로 늘어진 나뭇가지들을 요리조리 피해 느릿느릿 나아가던 트럭이 어느 순간 갈림길에 이르렀다.

월터가 말했다.

"다리는 저쪽이야. 거기서 강둑을 따라 좀 더 올라가면 스타캐처가 있는 데고."

잠시 후 월터는 트럭을 세웠다.

"스타캐처는 저쪽 어딘가에 있을 거야."

월터가 가리킨 쪽의 울창한 나무들 틈새로 나른하게 흘러가는 강물이 보였다.

포지가 반바지 주머니에서 지도를 꺼내 펼쳤다.

"네 말이 맞는 것 같아, 가자!"

세 사람은 트럭에서 내려 최대한 빠르게 강으로 향했다. 폭찹이 세 다리로 깡충대며 그들을 앞질러 달려갔다.

월터와 포지는 뛰어갔다. 물론 밴조는 "이런 망할! 좀 천천히 가!"라고 소리치며 절뚝절뚝 그 나름대로 열심히 뒤따라갔다.

강가에 서자 월터의 심장은 터질 듯이 뛰었다.

"저기 있다!"

크게 외치면서 월터는 포지와 함께 열기구를 묶고 잔가지로 덮어둔 나무가 있는 지점까지 한 번 더 내달렸다. 먼저 도착한 폭찹이 흥분에 겨워 목청껏 짖어대고 있었다.

곧이어 포지도 도착했다. 포지가 내지른 환호성이 강물 위로 메아리쳤다.

마지막으로 밴조가 씩씩대며 왔다. 가쁜 숨을 몰아쉬며 밴조는 깁스에서 삐져나온 발가락에 묻은 흙을 거칠게 털어냈다.

세 사람은 서로를 바라보며 싱긋 웃었다.

해냈다!

일단 한 그루터기를 돌았다.

하지만 아직 돌아가야 할 그루터기가 두 개 더 남아 있었다. 그것도 무지막지한 그루터기들이었다.

저 열기구를 밴조의 집으로 가져가야 했다. 그리고 엄마와 에벌라이나가 돌아오기 전에 형의 트럭을 무사히 헛간에다 다시 대놓아야 했다.

열기구를 트럭 짐칸에 싣는 일은 생각보다 훨씬 힘들었다. 밴조는 사실상 있으나 마나였다. 깁스가 젖으면 안 된다나 뭐라나. 혼자 강둑에 서서는 이래라저래라 큰 소리나 칠 뿐이었다.

열기구 천을 덤불에 묶은 밧줄과 바구니를 나무에 묶은 밧줄을 일일이 풀고 나서 이걸 어떻게 짐칸에 실을지 생각해 내는 것까지 오롯이 월터와 포지의 몫이었다.

"여기서부터 저기까지 접자."

월터가 말했지만 포지는 반대했다.

"아냐, 그보다는 천이랑 바구니를 분리하고……."

"그러면 바구니를 다시 나무에 묶어야 하잖아. 강물에 또 떠내려가면 어떡해."

옥신각신 줄곧 둘의 의견이 엇갈리는 것도 모자라 밴조가 쉴 새 없이 지시를 내렸다.

"아니, 이봐 젊은이들. 그렇게 하는 게 아니지!"

"어이구, 속 터져. 거기 말고 다른 쪽을 먼저 풀라고!"

"월터! 월터! 월터! 잠깐 정지!"

이런 식이라 한마디로 아수라장이었다.

폭찹은 강기슭 얕은 물에서 찰박찰박 뛰어다니며 밴조에게 흙탕물을 튀겨댔다.

물론 밴조는 어김없이 호통을 쳤다.

"그만, 그만해! 이 벼룩이 다 뜯어 먹을 놈아!"

월터는 점점 지치고 당황스러운데 눈치도 없이 포지는 카이사르 로마노프의 규칙을 들먹이며 월터의 신경을 긁었다.

"규칙 제5번 까먹었어? 투덜대길 그만둬라."

월터가 심통 난 표정을 지어 보였지만 포지는 아랑곳하지 않았다.

"난 이 열기구를 꺼내려고 뱀이 우글거리는 흙탕물에도 들어갔잖아? 규칙 제8번에 따라 나한테 고맙다고 해줄래?"

"규칙 제8번까지는 아직 가지도 않았거든?"

둘은 계속해서 낑낑대고 씩씩대며 밀고 당기길 반복하다가 마침내 드디어 해냈다.

축축하고 진흙투성이인 열기구 천이 얼추 큼지막한 사각형으로 접혔다. 바구니도 물에서 건져져 강둑에 놓였다.

포지는 땅바닥에 털썩 드러누웠다가 울퉁불퉁한 바위 비탈에 등을 기대고 앉아 팔을 눈에 얹었다.

그러고는 큰 소리로 말했다.

"됐어요, 주빌레이션 씨. 이제 이걸 트럭에 싣는 건 아저씨도 거들어야 해요. 이게 아저씨 열기구라는 걸 굳이 상기시켜 드리지 않아도 되겠죠?"

밴조가 대꾸했다.

"내 몸이 성치 않다는 걸 굳이 상기시켜야겠구나. 이 깁스가 얼마나 무거운지 알아? 멍들고 긁힌 발가락에서 솟구치는 통증이 식도를 지나 머리까지 올라올 지경이다. 이토록 지독한 두통이라면 내 인생의 원수들한테 옮겨 가라고도 차마 못 빌겠어. 아무짝에도 쓸모없는 커주 놈조차 이 정도로 아프면 불쌍할 것 같아."

월터가 말했다.

"자, 보세요. 꾸물댈 시간이 없어요. 엄마랑 아줌마가 언제 돌아오실지 모르는 판인데 우린 아직도 할 일이 많잖아요. 열기구를 아저씨 집에다 내려놓고 트럭을 도로 우리 집 헛간에 대놔야 한다고요."

어쩔 수 없이 밴조도 손을 보탰다. 접힌 열기구 천을 세 사람이 한 귀퉁이씩 맡아 잡고, 트럭이 있는 데까지 질질 끌고 가서 짐칸에 실었다. 그다음은 바구니 차례였는데, 막상 해보니 끌고 가기도 더 어려울뿐더러 트럭에 싣기는 더더욱 어려웠다.

한참 우여곡절을 겪으며 어찌어찌 끝냈다. 다시 모두 트럭에 올라탔고, 다시 월터가 운전대를 잡았다. 트럭은 서서히 벌목 도로를 타고 채터후치 다리로 향했다.

고속도로에 이르렀을 때 월터가 브레이크를 지르밟았다.

차 한 대가 이쪽으로 다가오고 있었다. 월터는 가슴이 쿵 내려앉았다. 이곳 트럭 운전석에 거의 열한 살에 가까운 소년이 앉아 있지 않은가.

심장이 쿵쾅쿵쾅 뛰었다.

손이 바들바들 떨렸다.

월터는 기어를 중립으로 놓고 몇 차례 심호흡했다.

느닷없이 밴조가 월터의 뒤통수를 붙잡고 푹 눌렀다.

"고개 숙여! 바닥에서 뭔가 찾는 척해."

월터는 고개를 한껏 수그리고 브레이크에 얹힌 젖은 운동화를 보았다. 트럭 바닥은 온통 진흙투성이에 콩알만 한 돌멩이들이 잔뜩 흩어져 있었다. 포지의 지저분한 고무장화도 보였다.

'아, 내가 대체 무슨 짓을 한 거지?'

형의 트럭을 몰고 나온 바람에 월터는 철창신세가 될 판이었다.

게다가 너무너무 더러워진 트럭 바닥을 보니 멀미가 나다 못해 토가 나올 것 같았다. 트럭의 다른 부분들이 어떤 상태일지는 안 봐도 훤했다.

월터의 입에서 "으으으" 하는 신음이 새어 나왔다.

밴조가 다그쳤다.

"조용히 숙인 채 있어."

포지가 말했다.

"다른 차도 와."

월터는 한 번 더 신음하며 눈을 감아버렸다.

영원처럼 느껴지는 시간이 흐른 뒤 마침내 밴조가 월터의 어깨를 토닥였다.

"고개 들어라. 이제 안전해."

월터는 비로소 허리를 펴고 눈을 깜빡였다.

"이제 어쩌죠?"

"액셀을 밟고 저쪽 벌판으로 직진해야지."

다시 말해 고속도로를 가로질러야 한다는 뜻이었다.

월터는 기어를 전진에 놓았다. 눈을 감으니 미친 듯이 뛰는 자신의 심장 소리가 들렸다.

못 할 것 같았다. 하지만 해야 했다. 이곳까지 어떻게 왔는데 이제 와서 포기할 수는 없었다.

두 눈을 부릅뜨고 양쪽 도로를 잘 살폈다. 그러고는 다시 한번 살폈다. 양쪽 다 확실히 비어 있었다.

숨을 참으며 액셀을 꾸욱 밟았다. 트럭이 쏜살같이 고속도로를 가로질러 반대편 벌판으로 들어갔다.

월터는 트럭을 세우고 손을 심장이 있는 쪽에 얹었다.

"오, 왔다!"

"여기서 서면 어떡해, 이 바보야! 가, 얼른! 밟아, 밟아, 밟으라고!"

밴조가 득달같이 월터를 나무라며 눈 앞에 펼쳐진 들판을 향해 손을 휘휘 저었다.

월터는 액셀을 밟았다. 벌판은 한때 농장이었던 듯했지만 지금은 그저 들꽃과 잡초가 무성하고 드문드문 작은 소나무가 자라는 광대한 황무지였다.

트럭은 길도 없는 벌판을 덜컹대며 달렸다. 덩달아 편자 목걸이도 미친 듯이 흔들렸다.

한참을 그렇게 달리던 중 밴조가 빽 소리쳤다.

"정지! 저쪽으로 가!"

월터는 밴조가 가리킨 방향으로 트럭을 몰았다. 얼마 후 벌판 바닥이 뻘건 흙바닥으로 바뀌었고, 또 얼마 후엔 폐가나 다름없는 낡고 허름한 집이 나타났다. 집 옆에는 역시 아주 오래된 듯 빛바래고 기울어진 헛간이 있었다.

밴조가 말했다.

"드디어 왔구나! 주빌레이션의 집, 페어웨더의 집, 나의 누추하고 아늑한 집이로다."

월터가 물었다.

"이젠 어떡할까요?"

"내 사랑 스타캐처를 헛간으로 옮긴 다음, 마지막 그루터기 괴물을 성공적으로 돌아가야지."

말처럼 쉽진 않았지만 세 사람은 당기고 밀고 씩씩대고 낑낑대길 반복한 끝에, 접힌 천과 바구니를 마침내 밴조의 헛간 안에 무사히 가져다 놓았다.

셋은 환호하며 서로서로 손바닥을 짝짝짝 마주쳤다.

포지가 외쳤다.

"임무 완수!"

밴조도 외쳤다.

"임무 완수!"

하지만 월터의 얼굴은 금세 심각해졌다.

"아직 아니야. 트럭을 다시 집으로 가져가야 하잖아."

월터는 운전대를 꼭 쥐고 전방을 응시했다.

한 번 와본 길이었다. 이제 그 길로 돌아가면 된다.

울퉁불퉁한 벌판 위를 달리고 고속도로를 건너서, 미로 같은 벌
목 도로를 지나 좁은 숲길을 따라 헛간까지. 헛간을 빙 돌아 안으
로 들어가서는 트럭을 세운다. 그러면 만세, 헛간 문을 닫고 나서
비로소 안도의 한숨을 쉬리라.

하지만 지금 월터는 운전대를 단단히 부여잡은 채 우두커니 앞
을 바라볼 뿐이었다.

월터의 귀에는 거의 들어오지 않았지만 포지와 밴조는 아낌없
이 격려를 보내고 있었다.

"잘한다, 월터!"

"장하다, 월터!"

포지의 무릎에 앉은 폭찹까지 꼬리를 힘차게 흔들어댔다.

솔직히 월터는 너무너무 지쳤다. 이대로 트럭을 빠져나가 땅바닥에 드러누워 영원히 잠들어버리고 싶었다. 그러지 않는 것이 지금 할 수 있는 전부였다.

포지가 월터의 다리를 콕 찔렀다. 그제야 월터는 머리를 털듯이 흔들고 포지를 돌아보았다.

포지가 말했다.

"가자! 에벌라이나랑 너희 엄마보다 먼저 돌아가야 하잖아. 까먹은 거 아니지?"

월터는 눈을 끔뻑끔뻑했다.

"그렇지."

월터는 한 번 더 심호흡하고 액셀을 밟았다.

트럭이 덜컹덜컹 벌판을 되짚어 달려 다리 근처 고속도로에 이르렀다. 세 사람 모두 좌우를 꼼꼼히 살폈다. 차는 보이지 않았다.

밴조가 외쳤다.

"아자 아자, 끝내자!"

부릉부릉, 트럭은 다시 한번 고속도로를 가로질렀다. 그리고 벌목 도로로 접어들어 월터의 집으로 향했다.

잠시 후 포지가 허리를 발딱 세우더니 다급하게 말했다.

"잠깐! 멈춰봐! 뭔가 이상해."

포지는 지도를 펼쳐 들고 자세히 들여다봤다.

"저쪽으로 가야 맞는 것 같아."

'아닌 것 같은데. 하지만 포지는 지리에 해박하니까.'

월터는 포지를 믿기로 하고 트럭을 돌리려 했다. 그런데 길이 좁아서 어쩐지 어림도 없을 것 같았다. 어쩔 수 없이 밴조가 내려서 방향을 잡아줘야 했다. 물론 밴조는 엄청나게 구시렁거렸다.

우여곡절 끝에 결국 월터네 집 헛간 뒤로 통하는 비교적 넓은 길에 다다랐다. 비포장도로로 접어들자 지금까지 내내 울렁거리던 월터의 배 속이 비로소 잠잠해졌다. 심지어 월터는 싱글싱글 미소까지 짓고 있었다.

헛간 뒷면이 눈에 들어오자 월터는 트럭을 잠시 세우고 말했다.

"이제 정말 임무 완수!"

셋이서 번갈아 주먹을 부딪치며 감격을 나누었다.

밴조가 자랑스레 말했다.

"참으로 멋지고 영광스러운 날이로다."

월터는 천천히 트럭을 헛간 옆으로 몰았다.

하지만 옆면을 돌아 정면으로 향하는 순간, 월터는 무시무시한 광경을 맞닥뜨렸다.

헛간 앞 차량 진입로에 아빠 차가 세워져 있었다.

월터가 브레이크를 세게 콱 밟는 통에 포지와 밴조의 몸이 앞으로 홱 쏠렸다. 포지가 고개를 젖히며 새빨개진 얼굴로 월터를 흘겨보았다. 이게 무슨 짓이냐고 따져 물을 셈이었다. 하지만 월터의 표정을 보고는 할 말이 쏙 들어갔다.

포지는 차량 진입로에 있는 차를 건너다보고는 다시 월터를 보았다.

"저거 누구 차야?"

월터는 대답할 수 없었다.

움직일 수도 없었다.

심지어 아무 생각도 나지 않았다.

그저 두 손으로 운전대를 움켜쥔 채 미친 듯이 뛰는 심장과 울렁대는 속을 느끼고 있을 뿐이었다.

밴조가 물었다.

"뭐가 어찌 돌아가는 거냐?"

바로 그때, 월터네 집 뒷문이 열리며 한 남자가 걸어 나왔다. 남자는 화가 아주 많이 나 있었다.

남자가 무뚝뚝하게 인사를 건넸다.

"안녕, 월터."

월터는 죽을힘을 다해 몸을 움직였다.

기어를 주차에 두고 브레이크에서 발을 뗐다. 시동을 끄고 두 손을 무릎에 떨어뜨렸다. 그리고 차창을 내렸다. 어깨가 저절로 축 늘어졌다.

월터는 고개도 들지 못하고 쭈뼛쭈뼛 말했다.

"아빠, 오셨어요?"

아빠가 성큼성큼 트럭으로 다가와 열린 운전석 창문으로 안을 들여다보며 말했다.

"친구들이 있었구나. 아빠한테도 소개해 줘야지?"

월터는 여전히 눈을 내리깐 채 답했다.

"음, 포지랑 밴조 아저씨예요."

"아빠 좀 봐."

월터는 아빠가 시키는 대로 했다. 어려웠지만 고개를 들었다. 얼굴이 불이라도 난 것처럼 뜨거웠다. 두 손이 바들바들 떨렸다.

아빠가 말했다.

"이제 슬슬 내리지 그래? 무슨 일인지 설명 좀 해주련?"

월터와 포지, 밴조, 폭찹이 트럭에서 내려와 한꺼번에 말을 쏟아내기 시작했다.

아빠가 손을 들며 막았다.

"후아, 아이고. 한 명씩 차례대로 하죠."

밴조가 먼저 나섰다. 늘 그렇듯 화려한 언변과 몸짓으로 자신의 대담무쌍한 모험을 설명했다. 밴조의 말은 위대한 조지아 일대의 붉은 흙바닥에 발을 디딘 사람 중 월터가 가장 훌륭한 젊은이라는 장황한 칭찬으로 끝을 맺었다.

다음은 포지였다. 자신과 월터가 숲에서 시체를 발견한 줄 알았던 얘기와 요즘 자신과 함께 월터가 『카이사르 로마노프의 친구 사귀기 규칙』의 내용을 연습하는 중이라는 얘기를 했다.

폭찹은 트럭 옆에 얌전히 앉아 땅바닥의 먼지를 꼬리로 쓸고 쓸고 또 쓸었다.

밴조와 포지와 아빠가 월터를 쳐다보았다.

월터는 목청을 가다듬었다. 아빠의 눈을 똑바로 바라보며 모든 것을 얘기했다.

열흘 전쯤 옆집에 포지와 에벌라이나 아줌마가 이사를 왔다고.

밴조 아저씨가 하늘에서 떨어져 발목뼈가 부러졌다고. 아저씨는 메이컨 카운티 키그랩 대회의 우승 상품인 픽업트럭을 거머쥘 계획을 세웠다고.

자신과 포지가 강에서 잃어버린 열기구를 발견했다고.

그런데 밴조 아저씨의 트럭이 고장 나서 열기구가 잘못되기 전에 어떤 조치를 해야만 했다고.

그리고 가장 말하기 겁나는 대목, 즉 자신이 형의 트럭을 몰고 강으로 가서 열기구를 구해오자는 생각을 떠올렸다는 것까지 솔직히 털어놓았다.

이어서 월터는 자신에게 놀라고 말했다.

일찍이 한 번도 입 밖에 낸 적 없는 말을 아빠에게 고백한 것이다.

"형이 너무너무 보고 싶어요, 아빠. 어떨 때는 형이 나한테 말하는 소리가 생생하게 들리기도 해요."

월터는 울컥 목이 메서 침을 꿀꺽 삼켰다.

"트럭을 강으로 몰고 가기로 마음먹었을 때요, 정말 무서웠지만 형처럼 용감해지고 싶었어요. 단 하루만이라도요. 맹세컨대 그때 형 목소리도 들었어요. '그래, 꼬맹아. 넌 할 수 있어.' 정말 그랬어요."

월터는 아빠를 올려다보았다.

"그리고 해냈어요! 제가 형의 트럭을 몰고 강으로 가서 밴조 아저씨 열기구를 구했어요."

정적이 내려앉았다. 월터의 귀에 들리는 것이라고는 자신의 심장이 뛰는 소리뿐이었다.

　잠시 후 어깨에 닿는 아빠의 따뜻한 손길이 느껴졌다. 월터는 무거운 짐 하나를 내려놓은 기분이었다. 아빠의 그 따뜻한 손길이, 아마 다 괜찮아질 거라고 얘기해 주었기 때문이다.

월터는 소파에 앉아 자신의 신발만 물끄러미 내려다보고 있었다. 한바탕 엄마와 아빠의 꾸지람을 듣는 중이었다.

우리가 이만저만 실망한 게 아니다.

네가 그렇게 어리석고 무모한 행동을 할 줄은 꿈에도 몰랐어.

대체 무슨 생각이었니?

이게 얼마나 심각한 일인지 알기는 해?

열 살짜리 어린애가 트럭을 몰아? 더군다나 사람을 둘이나 태우고?

누군가 다칠 수도 있었어.

더 심한 일이 생길 수도 있었고.

트럭은 또 어떻고?

트럭이 잘못될 수도 있다는 생각은 전혀 못 했니?

월터는 때에 따라 알맞게 "네, 아빠"와 "아뇨, 엄마"를 섞어 대답했다.

이따금 엄마는 분을 못 이긴 듯 엉뚱한 말까지 주워섬겼다. 밴조 그 인간은 역시 제정신이 아니라는 둥, 그런 미치광이에게 애를 맡기는 게 아니었다는 둥 몇 번이고 밴조와 자신을 책망하기도 했다.

잠자코 듣는 동안 월터는 속이 부글부글 끓기 시작했다. 속이 끓다 못해 결국엔 폭발하고 말았다. 어느새 월터는 부모님에게 소리를 지르고 있었다. 태어나서 처음 있는 일이었다.

분노에 찬 고함이 마구마구 쏟아졌다. 막을 수도, 그만둘 수도 없었다. 형이 죽은 뒤로 월터의 마음을 야금야금 갉아먹던 원망과 울분이 한꺼번에 터져 나왔다.

아빠는 아무 일도 없었다는 듯 엄마랑 나만 이 조용한 집에 남겨두고 다시 일하러 가버렸잖아.

엄마는 항상 슬프고 언짢은 상태인 데다 더는 요리도 하지 않아.

나도 형 못지않게 엄마표 맥앤치즈를 좋아해. 그런데 엄마는 나 같은 건 신경도 쓰지 않지?

게다가 이제 엄마는 웃지도 않아. 그래, 내가 형만큼 웃긴 얘기를 잘하진 못해. 그래도 가끔은 내 얘기에 미소 정도는 지어줄 수 있는 거 아니야?

그러고서 월터는 기어이 그 얘기까지 꺼냈다.

엄마 앞에 서서 거침없이 따졌다.

"심지어 엄만 탱크 형의 방에 있던 물건들을 다 싸서 마치 쓰레기인 양 헛간에 내놨어."

필요 이상으로 언성을 높인 것 같았지만 그 순간엔 그다지 신경 쓰이지 않았다.

"미식축구 대회 우승컵이랑 가죽 재킷도 죄다 치워버렸어. 마치 이 집에 형이 살았던 적도 없는 것처럼. 엄마랑 아빠는 그래도 괜찮은 거야?"

눈시울이 붉어지는 것을 느끼며 월터는 한마디 덧붙였다.

"난 안 괜찮아. 하지만 엄마 아빠는 내가 괜찮은지 안 괜찮은지 관심도 없잖아!"

속에만 담아두었던 말들을 다 토해낸 뒤 월터는 엄마 얼굴을 보았다. 비로소 정신을 차리고 보니 문득 죄책감이 밀려들었다.

엄마는 충격을 받은 모양이었다. 슬픔과 아픔이 한데 섞인 복잡한 표정이었다.

거실에 적막만이 흘렀다.

아빠가 흠흠 헛기침했다.

엄마는 한 손가락에 휴지를 감으며 탱크 형의 방 쪽을 멍하니 바라보았다.

엄마가 일어나 한 팔로 월터를 감쌌다.

"미안하다, 아가. 네가 잘 몰라서 그렇지 엄만 정말로 널 많이 아끼고 신경 쓰는걸. 다만…… 네 형이 너무 그리운 나머지 다른 생각을 할 여유가 없었나 봐."

월터는 눈을 질끈 감았다.

"나도 형이 그리워요."

"엄마가 노력할게. 더 잘해야지. 당장 오늘 저녁에 엄마표 맥앤 치즈를 만들어줄게."

월터는 피식 웃지 않을 수 없었다.

"아빠도 집에 더 자주 올 수 있는 방법을 찾아보마."

이제야 월터는 기분이 아주 조금 나아질 참이었는데 아빠가 찬물을 끼얹었다.

"하지만 함부로 트럭을 몰고 나간 일은 그냥 넘어갈 수 없다는 거 알지?"

그리하여 아빠의 엄중한 선고가 떨어졌다.

"일주일간 외출 금지다. 마당을 벗어나선 안 돼. 그리고 집안일 좀 돕자."

그렇다면 포지를 만날 수 없다는 얘기였다. 폭찹도, 밴조도 마찬가지였다. 아무 재미도 없는 일주일이 예상됐다.

갑자기 월터의 머릿속이 바빠졌다.

'가만, 일주일이라고? 열기구 대회가 언제더라? 그것만은 절대 놓칠 수 없는데.'

대회 예정일이 일주일 조금 뒤라는 걸 떠올리고서야 월터는 가슴을 쓸어내리며 아빠 몰래 한숨을 내쉬었다. 대회 날짜는 월터의 생일 바로 다음 날이었다.

생각은 거기까지였다. 곧이어 아빠가 월터에게 당장 나가서 트럭을 깨끗이 닦아놓으라고 했기 때문이다. 안팎으로 구석구석, 새것처럼 반짝반짝해질 때까지 청소하라고 했다.

현관으로 향하는 월터의 발걸음은 한없이 무거웠다. 하지만 현관문을 열고 나가기 직전에 아빠가 다가와 월터의 어깨에 손을 얹었다.

"형이 널 자랑스러워할 거다."

월터를 짓누르던 무거운 짐을 덜어주는 말이었다.

마음이 완전히 홀가분해진 건 아니었다. 하지만 아주 많이 가벼워졌다.

막상 나와서 트럭의 몰골을 보니 심장이 쪼그라드는 것 같았다. 아까 트럭에서 내렸을 때는 너무 무섭고 긴장한 상태여서 살펴볼 겨를이 없었다.

언제나 티끌 한 점 없이 반짝반짝했던 형의 트럭이 뿌연 흙먼지에 뒤덮여 있었다. 문짝과 흙받기에 긁힌 자국도 많았다.

월터는 손가락에 침을 묻혀 흠집 하나를 문질러보았다. 이 정도 긁힌 자국은 형의 전기 광택기와 자동차 왁스를 이용하면 감쪽같이 없어질 것 같았다.

트럭 문을 열고 내부를 살펴봤다. 바닥에 흙과 돌멩이, 낙엽이 잔뜩 흩어져 있었다. 하지만 형의 공업용 청소기로 빨아들이지 못할 건 없었다.

월터는 즉시 작업에 들어갔다. 부지런히 닦고 갈고 문지르고 빨아들이고 쓸었다. 마침내 트럭은 안팎으로 구석구석 새것처럼 완벽한 모습을 되찾았다.

청소를 마친 뒤 월터는 운전석에 올라 속삭였다.

"있잖아, 형. 나 해냈어!"

월터는 분명 형의 목소리를 들었다.

"아주 잘했어, 꼬맹아!"

월터 인생에서 가장 긴 일주일이었다.

밭에서 잡초를 뽑고 닭장을 청소했다.

아빠를 도와 오래전에 기울어진 우편함을 바로 세웠다.

창문 방충망을 닦았다.

엄마가 빨아놓은 커튼을 빨랫줄에 걸었다.

엄마와 에벌라이나가 함께 만들고 있는 퀼트 이불용 원단을 다림질했다.

정말이지 하나도 재미없었다.

그사이 밴조가 트럭 수리에 필요한 부품을 드디어 구했다. 트럭이 고쳐지는 모습을 월터도 그나마 현관 계단에서 구경할 수 있었다. 밴조가 시동을 걸자 털털털털 소리와 함께 트럭 배기관에서 뿜어져 나온 시커먼 연기가 하모니의 여름 하늘로 올라가며 흩어졌다.

밴조는 차창 밖으로 고개를 내밀고 호탕하게 외쳤다.

"잘 있게나, 친구들! 다시 만날 그날까지 모두 안녕!"

포지와 에벌라이나가 현관에서 손을 흔들었다. 엄마는 텃밭 옆 의자에서 건성으로 손 인사를 보냈다.

밴조의 낡고 녹슨 트럭이 덜컹덜컹 자갈길을 달리기 시작하자 폭찹이 깡충깡충 따라가더니 고속도로에서 트럭이 사라지는 것까지 지켜보고 돌아왔다.

이제 월터에겐 온갖 허드렛일만 남았다.

때때로 포지가 몰래 월터의 방 창밖으로 와서 속닥속닥 수다를 늘어놓았다. 밴조의 대담무쌍한 모험에 가담한 일로 포지도 에벌라이나에게 된통 혼났지만 적어도 월터처럼 외출 금지를 당하지는 않았다.

포지는 가끔 『지식의 조각들』을 들고 와서 월터에게 읽어주기도 했다.

"인간이 잡은 고래 중 가장 큰 고래가 얼마나게?"

물론 월터가 알 리 없었고 포지도 답을 기다리지 않았다.

"길이만 무려 22.8미터였대. 역대 대통령을 가장 많이 배출해서 '대통령의 고향'이라 불리는 주는?"

"음……"

"때려 맞혀봐."

"펜실베이니아."

"땡. 버지니아야."

"밴조랑 스타캐처 소식은 없어?"

포지는 기다렸다는 듯 월터의 궁금증을 해소해 주었다.

밴조가 툭하면 에벌라이나에게 전화해서 시시콜콜 소식을 전하는 모양이었다. 요즘은 열기구 천을 수선하는 중이라고 했다. 찢어진 데가 한두 군데가 아닌데 일일이 공업용 재봉기로 봉합하느라 바쁘다는 것이었다.

열기구를 띄우는 가스통도 심하게 찌그러져서 밴조는 키그랩 대회 날짜에 맞춰 새 가스통을 구하려고 백방으로 알아보는 중이라고 했다.

포지는 방충망에 코가 닿을 듯이 얼굴을 디밀며 말했다.

"우리도 키그랩 대회 현장에 꼭 가야 해."

월터도 자못 엄숙하게 고개를 끄덕였다.

"알아."

"언제까지 철창신세야?"

"사흘 남았어."

포지가 손끝을 딱 튕겼다.

"잘됐네! 키그랩 대회는 다음 주 수요일이잖아."

"그런데 엄마 아빠가 허락 안 해주실 것 같아."

월터가 시무룩하게 말하자 포지가 한 발을 쿵 굴렀다.

"아유, 우는소리 그만해. 월터, 카이사르 로마노프의 규칙 제1번이 뭐라고?"

월터는 우물우물 대답했다.

"긍정적으로 생각하라."

이튿날, 엄마가 월터에게 물었다.

"네 생일날 포지랑 에벌라이나를 초대할까?"

"음, 네, 좋아요. 밴조 아저씨는요?"

엄마는 이맛살을 찌푸리며 한숨을 내뿜었다.

"그래, 네가 정 원한다면. 그나저나 어떤 게 좋을지 생각해 봤니? 네 생일 선물 말이야."

길게 생각할 것도 없었다.

"다음 주에 메이컨 카운티 키그랩 대회장에 가서 구경하고 싶어요."

엄마의 안색이 어두워졌다.

"글쎄다, 월터. 밴조 그 인간이며, 그 열기구랑 엮여서 벌써 한바탕 곤욕을 치르지 않았니."

"그러긴 했지만……."

엄마가 손가락을 척 들어 올렸다.

"아빠랑 얘기해 볼게. 하지만 장담은 못 해."

그러고는 월터를 끌어안았다.

월터에게 꼭 필요했던 다정한 포옹이었다.

생일 전날 밤, 월터는 또 그 꿈을 꾸었다.

하지만 이번엔 몇 가지가 달랐다.

우선 포지와 에벌라이나, 밴조 그리고 폭찹도 있었다. 모두가 생일 축하 노래를 불렀고, 이번에도 어김없이 형이 군복 차림으로 문을 벌컥 열며 들어왔다.

또 어김없이 형은 두 팔을 활짝 펼치며 "누가 돌아왔게!"라고 외쳤다.

군모를 벗어 월터의 머리에 푹 씌우며 "촛불 꺼라, 꼬맹아. 그러면 내 세상을 보여주마"라고 말하고는 월터의 등을 탁 치면서 "하지만 한꺼번에 다 꺼야 해. 기회는 딱 한 번이다. 속임수 쓰기 없기"라고 덧붙였다.

형은 깨진 앞니를 드러내며 씩 웃었다. 그러고서 팔짱을 끼고 발끝으로 바닥을 두드리며 "온종일 기다려줄 순 없는데" 하고 재촉했다.

월터는 얼른 열한 개의 촛불을 내려다보며 숨을 한껏 들이마시고…….

이번에는 후우욱, 불어 촛불을 다 껐다.

단 한 번에.

형은 월터의 어깨에 팔을 척 걸치고 말했다.

"잘했어. 형이랑 같이 내 세상을 보러 가자, 꼬맹아."

그때 꿈에서 깼다.

어둠 속에 누운 채 천장을 향해 눈을 깜빡이며 월터는 방금 꾼 꿈에 대해 생각했다.

어쩌면 포지가 맞았나 보다. 어쩌면 그 꿈은 기분 좋은 한순간 인지도 모른다. 지금 필요한데 현실의 삶에는 없는 그런 기분 좋은 한순간 말이다.

넘실대는 만족감이 월터를 포근하게 감쌌다. 아주아주 오랜만에 느껴보는 기분이었다. 꿈이 안긴 만족감은 월터의 안으로 스며들어 형이 죽은 뒤로 뿌리박혀 있던 깊은 슬픔을 밀어냈다.

슬픔이 아주 완벽히 사라진 건 아니었다.

하지만 조금은 사라졌다.

드디어 월터의 열한 번째 생일날이 되었다.

형이 떠난 이후로 숱하게 겪었던 꿈속의 날. 월터는 집 안 이곳 저곳을 서성이며 어쩌다 한 번씩 시계를 확인했다. 분명 한참 만에 본다고 생각했는데 매번 시곗바늘은 아까 봤던 그 위치에서 한 치도 움직이지 않는 것만 같았다.

포지와 에벌라이나가 도착했다. 폭찹도 폴짝폴짝 뒤따라 들어왔다. 엄마와 아빠가 그들을 반갑게 맞이했고, 모두 식탁가에 모여 월터의 생일 케이크를 보며 감탄했다. 엄마표 버터크림 장식이 얹힌 초콜릿 케이크였다.

"짜잔!"

포지가 월터에게 작은 용수철 제본 수첩을 내밀었다.

겉면에 푸른 마커로 단정하게 '카이사르 로마노프의 친구 사귀기 규칙'이라고 적혀 있었다.

"우와! 고마워."

월터는 수첩을 후루룩 넘겨보았다. 포지가 한쪽에 하나씩 카이사르 로마노프의 규칙을 적어놓았다.

포지가 자랑스레 눈을 빛내며 말했다.

"알지? 내 포토그래픽 메모리."

갑자기 바깥에서 시끄러운 소리가 들려왔다. 푸슉푸슉, 덜걱덜걱, 털털털털, 심상찮은 소리가 점점 커졌다.

"밴조 아저씨다!"

월터가 외치며 현관으로 달려가자 폭찹이 원을 그리며 깡충깡충 뛰고 왈왈 짖어댔다.

꼬질꼬질한 깁스째로 절뚝대며 현관 계단을 힘겹게 올라온 밴조가 두 팔을 활짝 벌렸다.

"생일 축하한다, 월터! 또 한 번 태양의 둘레를 한 바퀴 돌았구나. 축하하는 의미로 이 보물을 너에게 주마. 이 몸이 포커의 절대 강자인 줄도 모르고 감히 이겨먹으려 했던 어느 팔푼이한테서 받아낸 것이다."

밴조는 작업복 주머니에 손을 넣더니 반짝이는 1달러 은화 세 개를 꺼내 월터에게 건넸다.

"우와! 고맙습니다, 밴조 아저씨."

이어서 엄마가 케이크에 꽂힌 열한 개의 초에 불을 붙였고 다 함께 생일 축하 노래를 불렀다.

월터에게는 이 모든 게 꿈만 같았다. 언제고 깨어나면 사라져버릴 꿈.

월터는 타오르는 불꽃들을 가만히 내려다보았다. 그 순간 월터는 형의 목소리를 분명히 들을 수 있었다.

"한꺼번에 다 꺼야 해. 기회는 딱 한 번이다. 속임수 쓰기 없기."

월터는 마음을 비우려 머리를 살짝 흔들었다.

'한 번에 촛불을 다 끄지 못하면 어쩌지? 하지만 그건 그저 꿈일 뿐이잖아, 그렇지? 아무 의미 없어, 안 그래?'

불현듯 소원을 빌어야 한다는 생각이 머리를 스쳤다. 월터는 천장을 올려다봤다. 월터의 소원은 단 하나였다.

한 번에 열한 개 촛불을 모두 끄는 것.

월터는 눈을 감고 심호흡을 했다.

그리고 후우욱, 단 한 번에 촛불을 모두 껐다.

파티가 끝난 뒤 밴조는 트럭을 세워둔 자리로 절뚝대며 걸어갔다. 트럭에 오르기 전 모두에게 고했다.

"신사 숙녀 여러분, 내일 이 몸은 메이컨 카운티 키그랩 대회에서 우승할 겁니다. 자자, 내일 나와 함께 비행할 열기구의 새 이름을 발표합니다. 내 사랑 열기구의 새 이름은……."

밴조는 있지도 않은 모자를 손끝으로 잡아 벗고 왼쪽 가슴에 얹으며 허리를 깊이 숙였다 폈다.

"새 이름은…… 에벌라이나!"

"아이고, 맙소사."

포지는 몸서리를 쳤지만 에벌라이나는 얼굴을 붉혔고 조금 키득거리기까지 했다.

"아울러 내 사랑 열기구에 이름을 제공해 주신 장본인께서 우승을 향한 여정에 함께해 주신다면 내겐 다시없을 자랑이요, 영광일 겁니다."

포지가 허공에 주먹을 흔들며 "좋았어!" 하고 쾌재를 외쳤다.

에벌라이나는 잠시 망설였지만 결국 승낙했다. 메이컨 카운티 키그랩 대회에 가겠다고 약속했다.

"포지랑 월터도 데려갈게요."

월터는 부모님에게 초조하고도 간절한 눈빛을 보냈다.

"가도 돼요?"

제발, 제발, 제발요 하고 속으로 빌고 또 빌었다.

그러자 천만다행히도 아빠가 월터의 머리를 흩뜨리며 고개를 끄덕였다.

"잘 다녀와. 생일 축하한다, 월터."

모두 돌아간 뒤, 월터는 헛간으로 가서 형의 트럭에 올라탔다.

마음을 좀 가라앉히고 싶었다. 슬픔과 분노가 함께 소용돌이치며 월터의 마음을 들쑤시고 있었기 때문이다.

형이 없어서 슬펐다. 난생처음 형 없이 생일을 맞이한 것이 너무 슬펐다.

더불어 화도 났다. 해외로 나가기 전에 돌아와서 작별 인사를 하기로 해놓고 약속을 지키지 않은 형에게 너무 화가 났다. 월터를 남겨두고 하모니를 떠난 형은 마냥 행복해 보였다.

월터는 조수석 서랍에서 편지 봉투를 꺼내 옆자리에 내려놓았다. 형의 엉망진창 손 글씨를, 파란 볼펜으로 휘갈겨 쓴 '월터'를 물끄러미 노려보았다.

월터는 한숨을 푹 내쉬며 봉투를 치워버렸다. 언젠가는 열어보겠지. 하지만 오늘은 안 된다. 오늘은 생일이니까. 아마 이 편지도 다른 편지들과 똑같을 테니까. 하모니를 멀리 벗어나서 얼마나 좋은지 자랑만 실컷 늘어놓았을 테니까.

월터는 속상한 마음을 밀어내고 대신 신나는 생각을 떠올렸다. 메이컨 카운티 키그랩 대회가 바로 내일로 다가왔다.

드디어 볼 수 있게 되었다. 밴조의 아름다운 열기구가 조지아 하늘을 떠다니는 모습을.

월터는 눈을 뜨고 시계를 보았다.

자정이었다.

다시 눈을 감았다.

자라, 자, 제발 좀 자 하고 되뇌며 열심히 잠을 청했다.

하지만 너무 흥분돼서 도무지 잠이 오지 않았다.

내일 에벌라이나가 포지와 월터를 오클리의 메이컨 카운티 키그랩 대회장으로 데려갈 것이다. 차를 타고 19번 국도로 삼십 분쯤 가면 된다.

밴조는 일출과 동시에 대회가 시작된다고 설명했다. 그때 대기가 가장 안정적이어서 열기구가 비행하기 좋은 조건이라고 했다. 그러니 여기서 늦어도 새벽 6시에는 출발해야 했다.

월터는 다시 눈을 떴다.

12시 28분.

아주 긴 밤이 될 것 같았다.

하지만 어느 결엔가 잠이 들었나 보다. 다시 시계를 확인했을 때는 5시 30분이었다.

월터는 냉큼 침대를 박차고 나와 어둑한 가운데 옷을 갈아입고 서둘러 부엌으로 갔다. 잠옷에 목욕 가운을 걸친 엄마가 블루베리 팬케이크를 만들고 있었다.

"에벌라이나는 마음씨도 참 고와. 너희를 오클리까지 데려다준다니 말이야. 고맙지 뭐니."

"그러니까요. 틀림없이 밴조 아저씨가 우승할 거예요, 그렇죠?"

엄마는 쿡쿡 웃었다.

"음, 고집불통에 외골수가 우승의 조건이라면. 그래, 분명 밴조 아저씨가 우승할 거다."

월터가 팬케이크를 허겁지겁 먹어치우는 동안 엄마는 볼로냐 샌드위치와 생일 케이크 네 조각을 큼지막한 비닐봉지에 담았다.

"재미있게 놀다 오렴."

엄마는 월터를 꼭 안아주었다.

"고마워요."

월터는 봉지를 잡아채고 부리나케 뛰어나갔다.

마당은 아직 어둡고 고요했다. 여름의 새벽 공기에는 달콤한 인동초 향이 감돌았고 땅바닥의 풀들은 이슬에 젖어 있었다.

포지는 벌써 에벌라이나의 차 조수석에서 월터를 기다리는 중이었다. 폭찹은 역시나 포지의 무릎을 차지하고 앉아 있었다.

포지가 열린 차창으로 월터를 손짓해 불렀다. 포지는 유리병을 들어 보이며 "피클 챙겨 왔어"라고 말했다.

월터는 뒷좌석에 올랐고 포지와 함께 어둠 속에 앉아 에벌라이나를 기다렸다. 포지가 『땅, 바다, 하늘: 탈것에 관한 모든 것』에서 읽은 내용을 끝도 없이 조잘조잘 읊어댔지만 월터는 대부분 귓등으로 흘려보냈다. 월터는 하늘을 떠다니는 밴조의 열기구를 그려 보기에 바빴다.

은색 별과 금색 달이 총총히 박힌 일곱 빛깔 무지개색의 거대한 풍선.

마침내 에벌라이나가 하품을 하며 나왔다. 운전석에 오른 에벌라이나는 텀블러에 담아 온 커피를 한 모금 홀짝이고서 외쳤다.

"좋아요, 여러분. 출발합시다!"

오클리까지 가는 삼십 분이 어찌나 길게 느껴지던지. 하지만 결국 무사히 잘 도착했다. 널따란 키그랩 대회장에 에벌라이나의 차가 섰다.

차에서 내리는 그들을 향해 밴조가 절뚝거리며 다가왔다.

"어서 오십시오, 귀빈 여러분."

밴조는 바로 옆 허공을 가리키며 소개했다.

"인사하실까요? 나의 벗, 행운의 여신입니다. 오늘 새벽 수탉이 울 때 우리 집 문을 두드리더군요. 내 두 팔 벌려 진심으로 환영해 주었지요."

포지가 물었다.

"그건 또 무슨 소리예요?"

"이 아름다운 아침에 행운이 이 몸을 찾아왔다는 소리지. 오늘 점심때는 나의 새 애마가 되어 있을 새 픽업트럭으로 여러분 모두를 모시겠소이다."

월터가 봉지를 들어 보이며 말했다.

"엄마가 볼로냐 샌드위치를 싸주셨는데요."

"볼로냐 샌드위치? 비하하는 건 아니다만 촌스럽게 볼로냐 샌드위치라니. 내 너희 모두에게 대도시 오클리의 최고급 코스 요리를 대접하마."

밴조는 에벌라이나를 돌아보며 덧붙였다.

"아마도 사랑스러운 에벌라이나와 함께할 수많은 잔치의 서막을 여는 자리가 되겠지요. 자, 그럼 가실까요?"

그러고는 대회장 쪽을 가리키며 앞장섰다.

이곳에선 눈 돌리는 곳마다 열기구가 있었다. 땅바닥 이곳저곳에 바람 빠진 거대한 풍선들이 펼쳐져 있었다. 인간이 상상할 수 있는 모든 색깔과 무늬가 이곳에 다 모인 것 같았다.

펼쳐진 풍선 옆에는 어김없이 바구니가 놓여 있었고, 그 주변에서 사람들이 부산스럽게 돌아다니며 대회 준비에 여념이 없었다.

이윽고 밴조의 열기구가 놓인 곳에 도착했다. 그 광경에 월터는 심장이 턱 멎는 듯했다. 비단결처럼 고운 천에는 아직 진흙 얼룩이 조금 남아 있었지만, 강기슭의 나무와 덤불에 찢기고 걸려서 생긴 상처들은 전부 다 밴조가 꼼꼼히 수선해 놓았다.

새로 단장한 열기구에서 월터는 전에 없었던 무언가를 발견했다. 한쪽 면에 연노랑 천으로 '에벌라이나'라는 글자가 대문짝만하게 박혀 있었다.

느닷없이 누군가가 소리쳤다.

"어이, 주빌레이션!"

붉은 수염이 덥수룩한 남자가 그들에게로 다가왔다.

밴조는 버럭 짜증부터 냈다.

"늦었잖아!"

"으응, 그래. 좋은 아침이야, 주빌레이션."

밴조는 그 남자를 고갯짓으로 가리키며 하모니 친구들에게 소개했다.

"여긴 한 시간이나 늦게 나타난 내 유일무이한 지상 정비원, 커주."

그러고는 능청스럽게 에벌라이나에게 어깨동무를 하며 커주에게 소개했다.

"이분은 하늘에서 내려오신 아름다운 천사님. 이 빛나는 존재

만으로 내 세상은 더없이 달콤해지지."

포지는 눈알을 굴렸고 에벌라이나는 얼굴을 붉히며 커주를 향해 손사래를 쳤다.

밴조는 이번엔 월터와 포지를 차례로 가리켰다.

"이 두 작은 친구들은 월터와 포지. 내 사랑 열기구, 새로 이름하여 '에벌라이나'를 찾으러 분연히 나서준 친구들이지."

마지막으로 커주의 흙투성이 운동화를 쿵쿵거리며 그르렁그르렁 위협하는 중이었던 폭찹을 소개했다.

"저 다리 셋인 잡종견은 폭찹. 저렇게 쓸모없고 해로운 존재는 다시없을 게야."

자기 이름을 들은 폭찹이 고개를 빳빳이 쳐들고 늑대인 양 긴 울음을 뽑아냈다.

이어서 밴조는 대회에 대해 설명했다. 바로 이 대회장이 출발점이었다. 열기구들은 이곳에서 떠올라 수 킬로미터 떨어진 오클리 고등학교 미식축구 경기장까지 날아간다. 그곳에 있는 골대 꼭대기에 이번 대회 우승 상품인 픽업트럭의 열쇠가 걸려 있다. 물론 밴조는 완벽한 솜씨로 열기구를 조종해 누구보다도 먼저 그 열쇠를 낚아챌 것이다.

"식은 죽 먹기, 땅 짚고 헤엄치기라오. 커주가 여러분을 결승점으로 모실 테니 거기서 다 함께 나의 승리를 목도하시오."

밴조는 돌연 에벌라이나를 돌아보며 이글이글 타오르는 눈빛으로 그녀와 눈을 맞췄다.

"에벌라이나 양, 내 그대를 초대하고 싶소이다. 부디 나의 '에벌라이나'에 동승해 주시지요. 영광스러운 승리를 향한 여정, 다시 말해 나의 대담무쌍한 모험에 동행해주시길 청하나이다."

'뭐라고?'

월터는 믿을 수가 없었다.

'에벌라이나 아줌마만 태워준다고? 나는? 포지는?'

아니나 다를까 포지가 득달같이 따지고 들었다. 너무하다, 왜 에벌라이나냐, 나랑 월터는 왜 쏙 빼느냐 등등의 말을 속사포처럼 쏘아댔다.

월터도 기꺼이 함께 따질 셈이었는데 그보다 먼저 에벌라이나가 고개를 가로저었다.

"안 돼요. 제가 세상에서 무서워하는 게 딱 두 가지 있는데요. 하나는 뱀이고 또 하나는 높은 곳이에요."

커주가 사람 좋게 웃어 보이며 거들었다.

"에벌라이나 양은 저랑 같이 아래에서 기다리시면 됩니다. 점잖은 남부 신사답게 제가 물심양면으로 세심히 보살펴드립지요."

밴조의 얼굴이 벌겋게 달아올랐다.

"오, 에벌라이나. 나의 천사여. 칠면조 따위와 어울려서는 독수리처럼 창공으로 날아오를 수 없어요."

커주를 사납게 노려보며 밴조는 에벌라이나에게 다시 청해보왔다.

"정녕 다시 생각해 보실 여지가 없는 겁니까?"

"미안해요, 주빌레이션. 전 발이 땅에 닿아 있어야 해요."

월터가 얼른 나섰다.

"저랑 포지가 갈게요. 그렇지, 포지?"

"그럼. 게다가 아저씨, 나랑 월터를 태워주셔야 맞는 거예요. 우리 아니었음 저 열기구는 여기 있지도 않았을걸요."

밴조는 턱을 벅벅 긁으며 열기구를 쳐다보다 다시 월터와 포지를 쳐다봤다.

"그래, 틀린 말은 아니구나. 그럼 준비해라, 우리의 대담무쌍한 모험을."

포지가 환호하며 팔짝팔짝 뛰었다.

월터도 마찬가지로 환호하며 팔짝팔짝 뛰었다.

오늘은 월터가 아주 오랫동안 기다려온, 아주 오래전부터 필요했던 그런 날이 될 것이다.

바야흐로 대담무쌍한 모험의 날이 밝아온다.

밴조가 말했다.

"자, 시작해 볼까. 우선 열기구를 띄울 준비를 해야 한다. 월터랑 포지, 너희는 내가 바구니로 들어가라고 할 때까지 여기서 기다려라."

월터와 포지, 에벌라이나는 밴조와 커주가 일하는 모습을 지켜보았다.

커주가 풍선에 연결된 긴 밧줄을 잡아 올려 밴조의 트럭 범퍼에 단단히 매고는 설명했다.

"안전줄입니다. 준비를 마칠 때까지 열기구가 뜨지 않게 잡아 주지요."

밴조가 대형 송풍기를 틀어 풍선 안으로 공기를 불어 넣었다.

바닥에 납작 널브러졌던 보드라운 천이 조금씩 부풀기 시작했고 얼마 후에는 제법 둥그런 풍선 모양이 되었다.

일곱 빛깔 무지개색 바탕에 은색 별과 금색 달이 총총히 박힌 아름다운 풍선이었다. 물론 한쪽 옆면에 대문짝만하게 '에벌라이나'라는 연노란 글자도 박혀 있었다.

그동안 포지는 『땅, 바다, 하늘: 탈것에 관한 모든 것』에서 얻은 지식을 조잘조잘 뽐냈다. 하지만 월터는 듣고 있지 않았다. 풍선이 거대하게 부풀어 오르는 광경에 그만 넋을 잃었기 때문이다.

커주가 풍선에 매달린 채 달랑거리는 또 다른 안전줄을 놓치지 않으려고 달려가는 사이, 밴조는 아직 땅바닥에 놓인 바구니 안으로 들어갔다.

풍선이 완전히 부풀자 밴조가 바구니 틀 꼭대기에 있는 연소기의 작은 레버를 밀었다. 갑자기 엄청난 굉음과 함께 커다란 불꽃이 풍선 안으로 확 치솟았다.

포지가 우쭐대며 턱을 올린 채 설명했다.

"저 불꽃이 풍선 내부의 공기를 데우는 거지. 더운 공기가 위로 올라가는 거야 상식이고, 그렇지?"

밴조는 다시 한번 연소기 레버를 쭉쭉 밀었다. 그러자 또다시 시끄럽고 거대한 불꽃이 확확 치솟았다.

서서히…….

서서히…….

서서히…….

풍선이 떠올랐다.

땅에서 떨어져 위로 올라가며 바구니를 들어 올리기 시작했다. 옆으로 누워 있던 바구니가 서서히 위로 젖혀지다 마침내 똑바로 섰다. 그 안에 밴조가 서 있었다.

커주는 열기구가 안정적으로 설 수 있게 안전줄을 힘껏 잡아당겼다.

밴조가 외쳤다.

"좋아, 됐어. 너희 둘, 들어와!"

포지가 폭찹을 안아 들고 월터와 앞다투어 바구니로 달려갔다.

밴조가 포지를 막았다.

"후아, 이런. 포지 아가씨, 그 잡종견은 탈 수 없어요. 그놈이 계속 시끄럽고 귀찮게 굴 거고 그럼 난 짜증이 나겠지. 내 대담무쌍한 모험에 짜증 따윈 사양이야."

"얌전히 있으라고 잘 타이를게요. 그럼 얘가 탄 줄도 모를걸요?"

밴조는 이맛살을 찌푸리며 폭찹을 노려보았다.

"그럼 너흰 딱 여기 얌전히 있어야 한다."

포지는 밴조를 돌아보며 싱긋 웃고는 폭찹을 바구니 안으로 조심조심 들여보낸 뒤 자신도 따라 들어갔다.

월터도 두근대는 심장을 안고 바구니에 올랐다. 안으로 들어와서 주위를 둘러보았다. 두 눈으로 보면서도 믿을 수 없었다. 조금 전까지만 해도 땅바닥에 늘어져 있던 풍선들이 죄다 부풀어 온 사방에 둥실둥실 떠 있었다. 줄무늬 풍선, 바둑판무늬 풍선, 나비 무늬, 하트 무늬까지 알록달록 다채로운 색채의 향연이었다.

"후아! 와! 이야!"

포지가 연방 감탄사를 날렸다.

폭찹도 두어 번 짖었지만 포지가 얼른 "쉿" 하고 손가락을 입에 가져다대며 조용히 하게 했다.

월터는 감탄사조차 내뱉을 수 없었다. 가슴이 너무너무 벅차서 곧 터져버릴 것만 같았다.

밴조가 멀찍이 한 지점을 가리켰다.

"저기 저쪽, 트럭 위의 빨간 모자 쓴 사나이를 주시해라. 저 남자가 울리는 경적이 바로 출발 신호니까."

월터는 빨간 모자 남자에게서 시선을 떼지 않았다. 심장이 방망이질하듯 뛰었다.

느닷없이 새된 경적이 빠앙 울리며 메이컨 카운티 키그랩 대회의 시작을 알리자 모두 일제히 함성을 내질렀다.

커주가 손에 잡고 있던 밧줄을 놓고 트럭 범퍼에 묶어두었던 밧줄도 풀었다.

밴조가 레버를 밀자 불꽃이 슈욱 치솟았다. 열기구가 천천히 땅에서 떨어지며 위로 향했다.

월터가 아래를 내려다보니 에벌라이나와 커주가 이쪽을 올려다보며 마구 손을 흔들고 있었다. 열기구가 위로 올라갈수록 두 사람은 점점 더 작아졌다.

주위에 다른 열기구들도 속속 떠올라 이내 온 하늘이 색색의 풍선으로 뒤덮였다. 어두운 새벽하늘 이곳저곳에서 불꽃이 슉 치솟는 게 마치 거대한 반딧불이 떼가 깜빡이는 것 같았다.

밴조의 열기구는 꾸준히 고도를 올리며 출발점에서 멀어졌다. 에벌라이나와 커주는 금세 아주 작은 점으로만 보였고 곧이어 대회장이 아예 보이지 않게 됐다.

밴조가 레버를 미는 일이 차츰 뜸해졌다. 옹기종기 모여 떠오르는 듯했던 열기구들이 서서히 흩어지면서 놀라운 일이 벌어졌다.

어느 순간 주위가 온통 고요해졌다. 완전하고 절대적인 고요였다. 그런 고요 속에서 그들은 8월의 산들바람을 타고 유유히 흘러갔다.

어쩌다 열기구가 조금 내려간다 싶으면 밴조가 얼른 레버를 밀었다. 그러면 불꽃이 치솟으며 열기구가 다시금 둥실 떠올랐다.

어둑했던 하늘이 푸르스름하게 밝아오며 장밋빛 가로 줄무늬가 어롱졌다. 주위의 모든 것이 사라지고 연한 장밋빛 하늘만 남았다.

포지도 사라졌다.

폭찹도 사라졌다.

밴조도 사라졌다.

화르륵 치솟는 불꽃도 사라졌다.

월터는 마치 혼자서 열기구와 함께 한없이 고요한 하늘을 떠가는 것 같았다.

하늘이 조금씩 더 밝아지더니 지구 끝에서 그들을 훔쳐보기라도 하듯 태양이 저 멀리 지평선에서 빠끔 솟았다.

태양은 점점 솟아오르며 주변 하늘을 눈부신 주황빛으로 물들였다. 동그란 태양이 온전히 모습을 드러내자 하늘은 상쾌하고 은은한 푸른빛을 띠었다.

열기구는 계속해서 산들바람을 따라 부유했다. 밴조는 가끔 불꽃을 올려 고도를 살짝살짝 높였다.

마치 마법처럼 주위에 몽실몽실한 흰 구름들이 나타났다. 손을 뻗으면 만질 수 있을 것처럼 가까웠다. 이따금 열기구가 낮게 걸린 구름을 뚫고 들어가 짙고 서늘한 안개 속을 잠시간 떠다니다 나오기도 했다.

마침내 처음으로 월터는 바구니 너머로 아래를 내려다보았다. 그리고 눈앞에 펼쳐진 광경에 한순간 숨이 멎었다.

소나무 우듬지.

시골 땅에 얼기설기 얽힌 도로들.

옥수수밭.

점점이 박힌 조그만 집들.

날개를 펴고 활공하는 새 떼도 열기구 아래로 지나갔다.

열기구 아래로 펼쳐진 경이로운 세상에 주근깨처럼 흩어진 점들은 조지아의 작은 마을들이었다.

월터는 문득 불꽃 치솟는 소리가 부쩍 뜸해졌다는 생각이 들었다. 그러고 보니 열기구가 아주 천천히 아래로 내려가고 있었다.

"저기 있다!"

밴조가 외쳤다.

정말 저만치 앞에 있는 오클리 고등학교 미식축구 경기장이 눈에 들어왔다. 그리 멀지 않은 거리였다. 월터와 포지가 환호했다.

포지가 말했다.

"좋아요, 주빌레이션 아저씨. 얼른 가서 새 트럭을 잡아요!"

"내가 하려는 게 딱 그거다."

밴조의 얼굴은 자신만만 그 자체였다.

월터는 슬그머니 두 사람을 외면했다. 자신의 얼굴은 의심만만 그 자체일 것 같았기 때문이다.

아닌 게 아니라 생각했던 것보다 훨씬 치열한 경쟁이 벌어질 기세였다. 우선 눈에 띄는 열기구가 한둘이 아니었다. 옆에도 아래에도 위에도 수많은 열기구가 같은 곳을 향해, 미식축구 경기장 골대 꼭대기에 매달린 열쇠를 향해 날아가는 중이었다.

또 하나, 정말 밴조의 조종 솜씨를 믿어도 될지 의문이었다. 정말 저 많은 열기구를 제치고 가장 먼저 완벽한 위치로 내려가 트럭 열쇠를 잡아챌 수 있다고?

포지가 이르길 열기구 조종은 차 운전과 다르다고 했다. 열기구는 그저 바람이 미는 대로 떠갈 수 있을 뿐이라고, 열기구를 조종해 골대로 가는 방법은 불꽃으로 고도를 올리거나 낮추는 것뿐이라고 했다.

"고도에 따라 바람의 방향도 달라지거든."

포지가 설명해 줬지만 월터는 잘 이해가 되지 않았다. 월터가 아는 것이라곤 저 열쇠를 잡아채기란 불가능에 가깝다는 게 전부였다.

밴조가 입가로 혀끝을 빼물고 실눈으로 미식축구 경기장을 살폈다. 몇 분에 한 번씩 레버를 밀어 풍선 안으로 불꽃을 쏘아서 고도를 약간 올리곤 했는데 오래지 않아 열기구는 다시 슬금슬금 내려갔다.

포지가 미친 듯이 팔을 저으며 소리쳤다.

"왼쪽이요! 아니, 너무 멀어요! 오른쪽으로 가요!"

밴조가 쏘아붙였다.

"조용히 해! 집중 좀 하자."

열기구는 아래로, 아래로, 아래로 비스듬히 내려가며 미식축구 경기장으로 조금씩 다가갔다. 다른 열기구 몇 대가 앞질러 갔지만 골대에 이르진 못했다. 대체로 경기장 바닥으로 천천히 하강해 한두 번 통통 튀다가 멎어버렸다.

월터는 주위를 둘러보았다. 몇몇 열기구는 이미 경로를 이탈해 결코 열쇠를 잡을 수 없을 방향으로 떠가고 있었다. 하지만 밴조의 열기구와 나란히 정확하게 열쇠를 향해 떠가는 열기구도 여럿이었다. 포지는 폭참을 품에 안고서 경쟁자들에게 웃음 지으며 손을 흔들어댔다.

밴조가 한 소리 했다.

"적들한테 인사하지 마라."

월터는 바구니 밖으로 몸을 조금 내밀고 위를 올려다봤다. 곧장 이쪽으로 오는 열기구가 한 대 있었다. 옆면에 불을 내뿜는 용이 그려진 연노란 열기구가 슬금슬금 내려오더니 밴조의 열기구 꼭대기를 스쳤다.

밴조의 입에서 월터가 이제껏 들어본 적 없는 욕이 우수수 쏟아졌다.

포지가 고래고래 소리쳤다.

"아니, 그쪽 말고! 이쪽으로 더 가요!"

이제 그들은 정확히 골대 쪽으로 하강하기 시작했다.

아래로…….

아래로…….

아래로…….

열기구가 내려갈수록 미식축구 경기장에 있는 것들을 알아보기가 수월해졌다. 사람들과 차들, 트럭들 그리고 이미 착륙한 열기구들이 있었다.

포지가 외쳤다.

"에벌라이나랑 커주 아저씨다!"

월터도 그들을 알아볼 수 있었다. 저 아래에서 에벌라이나와 커주가 이쪽을 향해 미친 듯이 손을 흔들고 있었다.

용 그림 열기구가 다시 위에서 찍어 누르듯 부딪치는 바람에 밴조의 열기구가 살짝 내려앉았다. 밴조는 주먹을 흔들면서도 전방의 골대에서 시선을 떼지 않았다.

이제 월터의 눈에도 골대 꼭대기에 매달린 커다란 금속 고리와 그곳에 걸린 열쇠가 보였다.

갑자기 줄곧 위에 있던 용 그림 열기구가 바로 옆으로 내려왔다.

사납게 그쪽을 쏘아보던 밴조의 두 눈이 돌연 휘둥그레졌다.

"위긴스 래퍼티!"

밴조가 씹어뱉듯 말하자 포지가 물었다.

"그게 누구예요?"

"허세에, 잘난 척에, 식충이, 새가슴. 하여간 저놈하고 마주치면 꼭 재수가 없단 말이야."

밴조는 열기구를 미식축구 경기장 쪽으로 조종하는 데 집중하면서 1분 간격으로 용 그림 열기구를 힐끔거렸다.

"제 아빠가 또 언제 돈다발을 건네주려나 기다리면서 빈둥대기나 하고. 쓸모없기로야 나무로 만든 프라이팬이랑 앞을 다툴 놈이지."

밴조는 험악한 표정으로 위긴스를 노려보았다.

"저놈이 가진 차가 내 속옷 수보다 많아. 저놈한테만은 절대, 다시 말하지만 절대로 저 열쇠를 내주지 않겠어."

하지만 월터는 밴조처럼 확신에 찰 수 없었다.

월터는 바구니 난간을 움켜쥔 채 가만히 꼼짝 않고 서 있었다. 월터도 1분 간격으로 용 그림 열기구 안에 있는 위긴스를 힐끗 훔쳐봤다.

"내 뒤꽁무니에서 방귀나 먹어라, 밴조!"

위긴스가 불꽃 소리보다 더 크게 고함쳤다.

밴조의 얼굴이 시뻘게지며 위긴스에 대해 그다지 곱지 않은 말들을 한바탕 퍼부었다.

두 열기구가 나란히 조금씩, 조금씩 골대와의 거리를 좁혀갔다. 이제 미식축구 경기장에 모인 사람들이 응원하는 소리도 들리기 시작했다.

밴조가 레버를 밀자 불꽃이 확 치솟으며 열기구가 약간 떠올랐다. 불행히도 용 그림 열기구를 조금 앞세우는 꼴이 되고 말았다.

"고맙네, 밴조!"

위긴스가 약 올리듯 소리쳤다.

하지만 행운은 밴조의 편이었다. 밴조의 열기구는 때마침 불어온 미풍에 떠밀려 다시 위긴스의 열기구와 거의 나란한 위치를 점했다.

두 열기구 모두 골대가 손에 잡힐 듯 가까워졌다. 누가 열쇠를 잡아채도 이상하지 않을 상황이었다.

밴조가 골대 옆에 이르렀고 마찬가지로 위긴스도 골대 옆에 이르렀다.

두 사람 사이에 열쇠를 매단 금색 고리가 있었다. 눈부신 아침 햇살로 인해 열쇠와 고리가 반짝반짝 빛났다.

"제가 잡을게요!"

포지가 한 팔로 폭찹을 안은 채 다른 팔을 바구니 밖으로 뻗었다.

하지만 밴조가 엄숙하게 말했다.

"아니, 영광의 순간은 내가 직접 맞이하게 해다오."

포지가 물러섰다. 밴조는 바구니 밖으로 한껏, 월터가 식겁할 정도로 몸을 쭈욱 뻗었다. 저러다 굴러떨어져 저 아래 땅바닥으로 벽돌처럼 내리꽂힐 것만 같았다.

하지만 다행히 밴조는 무사했다.

하지만 불행히 위긴스도 그랬다. 굴러떨어지지 않고 용케 바구니 벽에 딱 붙어 몸을 쭉, 팔도 쭉 내뻗었다.

그다음 순간 위긴스가 손을 휙 뻗어 단숨에 열쇠를 낚아챘다.

"이햐!"

카우보이처럼 길게 뽑아낸 위긴스의 환호성이 두 열기구 아래 미식축구 경기장에 메아리쳤다.

위긴스가 밴조를 돌아보곤 빛나는 금색 열쇠를 허공에 흔들어 보이며 씩 웃었다. 월터는 밴조가 분을 이기지 못하고 심장마비로 쓰러질까 봐 진심으로 겁이 났다.

과연 밴조의 상태는 말이 아니었다. 목에 핏대가 불끈불끈 솟았고 발로 바닥을 쿵쿵쿵 짓찧어 댔으며 바구니 금속 틀에 주먹질을 해댔다. 밴조는 미식축구 경기장에 착륙해야 한다는 사실마저 잊은 것 같았다.

이미 착륙한 위긴스의 열기구 주위로 사람들이 환호하며 몰려들었지만, 밴조는 열기구를 내릴 정신도 없이 악에 악을 써대며 길길이 날뛰기 바빴다. 열기구는 미식축구 경기장이 아닌 19번 국도를 향해 하릴없이 흘러갔다.

포지가 빽 소리쳤다.

"저기요! 정신 차려요, 아저씨! 열기구가 엉뚱한 방향으로 가잖아요!"

월터도 조심스레 말했다.

"음, 밴조 아저씨, 우리 지금 고속도로 쪽으로 가고 있어요."

하지만 밴조는 위긴스를 향해 인간쓰레기이자 인류의 수치라며 저주하고 욕하길 멈추지 않았다.

포지가 폭찹을 내려놓고 밴조의 정강이를 있는 힘껏 걷어찼다.

"정신 차리라니까요!"

밴조는 울부짖으며 무릎을 감싸 쥐었다. 그 결에 지저분한 깁스로 바닥을 딛고 엉거주춤 섰다가 곧바로 바구니 바닥으로 풀썩 쓰러졌다.

폭찹이 밴조의 얼굴에 코를 들이밀고 그르렁대며 무는 시늉을 했다.

밴조가 신음하며 말했다.

"이 다리 셋인 벼룩 덩어리 좀 저리 치워!"

포지는 허리에 두 손을 얹고 밴조 옆에 딱 섰다.

"우릴 다 죽일 셈이에요? 열기구 조종할 거예요, 그냥 그렇게 누워서 두 살배기처럼 징징대기만 할 거예요?"

"비켜라."

밴조는 낑낑대며 비척비척 일어섰다. 실눈으로 전방을 멀리까지 살펴본 다음 레버를 밀어 풍선 안으로 불꽃을 쏘아 올렸다.

느닷없이 제법 센 바람이 불어닥치며 열기구를 앞으로 쭉 밀었다. 오클리 고등학교가 점점 멀어졌다.

포지가 두 팔을 내저었다.

"어디로 가는 거예요! 이 방향이 아니잖아요!"

월터는 가슴이 마구 뛰었다.

이미 돌아가기는 틀렸다.

바구니 벽에 착 붙어 월터는 열기구가 향하는 반대쪽을 내다보았다. 미식축구 경기장이 점점 작아지다 이내 시야에서 사라져 버렸다.

저 아래에 도로와 전선이 얽혀 있고 교회와 집들이 점점이 박혀
있었다.

열기구를 착륙시킬 만한 장소는 없었다. 밴조의 시선이 아래쪽
을 살피며 좌우로 빠르게 움직였다. 밴조는 이따금 레버를 밀어
불꽃을 올렸다.

열기구가 둥실 떠올랐다가 스윽 내려갔다. 오클리가 점점 멀어
졌다.

월터가 말했다.

"음, 아저씨. 우리 어디로 가는 거예요?"

밴조는 앞을 똑바로 바라보았다. 꼬부라진 콧수염이 바람에 날
렸다.

"이 물건을 내릴 장소를 찾는 중이다."

포지가 물었다.

"대체 여긴 어디냐고요!"

"음, 그게 말이다. 아무래도 우린 하모니로 가는 길인 것 같아."

'하모니로 가는 길?'

월터는 바구니 난간을 꼭 붙잡고 눈앞에 펼쳐진 시골 풍경을 바라보았다. 그러다 불현듯 심장이 가슴 밖으로 튀어나오는 줄 알았다.

저 멀리 옆면에 빨간 페인트로 '하모니'라 적힌 급수탑이 보였다. 형과 친구들이 저녁에 자주 모여 놀던 바로 그곳이었다.

바람에 밀려 떠가는 동안 월터가 아는 장소들이 계속 나타났다.

형이 월터에게 트럭 운전석을 양보해 주었던 오크 그로브 감리 교회 주차장.

형이 숱하게 터치다운을 했던 하모니 고등학교 미식축구 경기장.

형이 월터에게 알려줬던 채터후치강의 낚시 명당.

형이 애지중지하는 트럭을 몰고 누비던 좁은 시골길까지.

월터는 저 아래 펼쳐진 형의 세상을 점점 더 가까이 흘러가며 보고 있었다.

월터는 눈을 감았다. 그러자 형의 목소리가 들렸다.

아주 선명한 목소리가 월터에게 말을 걸었다.

"야, 대단하지 않냐? 너랑 나랑 같이 내 세상을 보는 거."

월터는 눈을 떴지만 물론 형은 없었다. 적어도 실제 눈으로 보거나 손으로 만질 수 있는 형은 없었다.

하지만 월터는 형을 느낄 수 있었다.

저 아래에 하모니가 흘러가는 동안 바로 곁에 형이 있었다.

행복한 감상에 젖어 있던 월터는 밴조의 고함에 정신이 들었다.

"망할 커주 자식. 만고에 쓸데없는 놈!"

밴조가 정신없이 레버를 밀고 또 미는데도 연소기에서는 더 이상 불꽃이 치솟지 않았다.

포지가 물었다.

"이거 왜 이래요?"

"연료가 바닥났는데, 커주 그 망할 놈이 바구니에 예비 가스통을 안 실어놨다."

밴조는 열기구 아래를 굽어보며 땅 이곳저곳을 유심히 살폈다. 월터와 포지도 바구니 난간을 붙들고 아래를 내려다봤다.

밴조가 소리쳤다.

"목숨이 아깝거든 꽉 잡아라! 꼼짝없이 추락하는구나!"

목숨이 아깝지 않은 사람은 없었으므로 모두가 금속 틀을 꽉 붙들었다.

열기구가 빠르게 하강했다. 이대로 곧장 고속도로에 착륙할 기세였다.

고속도로를 달리던 차들이 하나둘 멈춰 서기 시작했다. 갓길로 빠져서 멈추는 차들도 있었다.

밴조의 열기구, 새로 이름하여 '에벌라이나'는 점점 더 내려가서 도로 바닥에 세게 부딪히더니 두 번 쿵쿵 튀었다가 멈추고는 옆으로 기울었다. 월터와 포지, 폭찹, 밴조는 서로를 덮치며 넘어졌다.

폭찹이 "컹" 하고 짖자 포지가 안아 올리며 밴조에게 눈총을 쏘았다.

"자알 내려왔네요, 주빌레이션."

밴조는 씩씩거리며 몸을 일으켜 세우려 용을 썼다. 월터는 바구니 밖으로 기어 나와 머리를 털며 숨을 골랐다.

밴조가 풍선 꼭대기의 환기구를 여는 줄을 당기자 내부 공기가 푸슈슉 빠져나갔다. 알록달록한 천은 펄럭펄럭 오그라들다가 이내 주름투성이가 되어 도로 바닥에 널브러졌다.

밴조는 슬슬 모여들기 시작한 사람들에게 손을 내저으며 소리쳤다.

"괜찮아요, 여러분! 볼 것도 없어요. 그냥 가던 길 쭉 가십쇼!"

밀린 차들이 경적을 울려댔고 몇몇 운전자들은 밴조를 향해 주먹을 흔들며 저 괴상한 물건을 냉큼 도로에서 치우라고 고함을 질렀다.

느닷없이 갓길 저편에서 커주의 트럭이 굉음을 내며 달려오더니 끼이이익 하며 멎었다.

"대체 어떻게 된 거야, 밴조? 왜 대회장에 내리지 않았어?"

어느새 바구니에서 빠져나와 도로에 서 있던 밴조는 시뻘게진 얼굴로 커주에게 세상에 존재하는 모든 욕을 퍼부어주고 나서 통명스레 말했다.

"와서 이거 치우는 거나 도와!"

차에서 구경하던 사람들 중 몇 명이 나와 함께 힘을 합쳐 열기구를 도로변으로 끌어냈다.

커주의 트럭 짐칸에 열기구를 싣고 오클리로 돌아오는 길은 매우 길고 조용했다.

오클리에 도착하자 머리 꼭대기까지 화가 난 에벌라이나가 그야말로 밴조를 영혼까지 탈탈 털어버릴 기세로 몰아세웠다.

포지와 월터를 열기구에 태우게 한 자신에게도 화가 났는지 에벌라이나는 차를 세워둔 곳으로 돌아가는 내내 "대체 내가 무슨 생각이었던 거지?" 하고 되뇌며 분통을 터뜨렸다. "너희 둘 다 죽을 뻔했어"라며 몇 번이고 두 아이를 나무라기도 했다.

포지는 들뜬 마음이 자제되지 않는 모양이었다. 줄곧 싱글벙글하는 얼굴로 월터에게 연방 엄지를 들어 보이면서 열기구를 타고 올라간 게 얼마나 멋진 경험이었는지 소곤대기 바빴다.

하지만 월터는 에벌라이나의 차에 묵묵히 앉아 차창 밖으로 농장이며 동네 풍경이며 주유소 등등이 획획 지나가는 것을 바라볼 뿐이었다. 월터의 머릿속엔 단 한 가지 생각밖에 없었다.

'탱크 형의 세상을 보았어, 형이 약속한 대로.'

그날 밤, 월터는 형의 트럭에 앉아 자신의 이름과 주소가 엉망진창 손 글씨로 적힌 봉투를 꺼내 들었다.

봉투를 손에 쥔 채로, 열기구를 타고 하늘에 올라 저 아래 펼쳐진 하모니를 한눈에 내려다본 기억을 되새겨보았다.

그때 형의 목소리가 들렸다.

"야, 대단하지 않냐? 너랑 나랑 같이 내 세상을 보는 거."

물론 진짜 형의 목소리가 들린 건 아니다. 그건 현실에서 있을 수 없는 일이다.

그래도 월터는 이 느낌을 떨쳐낼 수 없었다. 형이 하모니를 조금도 그리워하지 않는다고 생각한 게 어쩌면 오해였을지도 모른다는 느낌.

월터는 봉투를 내려다보았다.

떨리는 손으로 봉투 끝을 찢었다.

두근대는 가슴으로 줄 쳐진 노란 종이를 꺼내 펼쳤다.

사랑하는 월터에게

겁쟁이 형한테 단단히 화가 났겠지? 출국 전에 작별 인사를 하러 집에 들르지 않아서 말이야.

그럴 만해. 화나는 게 당연하지.

하지만 이제 너한테 진실을 고백하려고. 너한테 못난 형으로 비치겠지만 어쩔 수 없지.

사실 형은 포트베닝에서 하모니로 가는 버스를 탔어. 어깨에 짊어진 더플백만큼 마음도 무거웠지. 집에 가까워질수록 마음이 더더욱 무거워지더라. 엄마랑 아빠한테, 그리고 누구보다도 너한테 작별 인사를 할 생각을 하니 겁이 나서 견딜 수가 있어야지.

버스가 하모니까지 반쯤 갔을 때 기사님한테 여기서 내릴 테니 세워달라고 했어.

그래, 맞아. 네 못난 형은 너무 두려워서 집에 갈 수 없었어. 하모니로 돌아가면 두 번 다시 떠나고 싶지 않을 것 같아서.

정말 한심하지 않냐?

하지만 무슨 일이 있어도 너와 하모니가 내 세상이라는 사실을 네가 꼭 알아줬으면 해.

자, 고백 끝.

형한테 너무 많이 화내지는 말아주라, 꼬맹아.

겁쟁이 형, 탱크가

"좋아, 규칙 제2번이 뭐라고?"

포지의 질문에 월터는 한숨을 쉬었다. 아침 내내 카이사르 로마노프의 친구 사귀기 규칙을 외우고 연습했는데 솔직히 지겨웠다.

하지만 인정사정없는 포지는 약간 재촉하듯 다시 물었다.

"규칙 제2번은?"

"상대방의 눈을 보고 이름을 불러줘라."

월터가 답하자 그제야 포지는 고개를 끄덕끄덕했다.

"맞았어. 그럼 이제 아직까지 연습하지 않았던 걸 알려줄게. 규칙 제7번. 동정심을 보여줘라. 이거 중요한 거야. 진짜로 울거나 할 필요는 없어. 그냥 슬퍼 보이기만 하면 돼."

"알았어."

"한번 해봐. 슬프게 보여봐."

월터는 정말 열심히 슬퍼 보이려고 노력했지만 포지는 썩 만족스럽지 않은 눈치였다. 다행히 익숙한 트럭 소음과 폭찹이 위협하듯 짖어대는 소리 덕에 수업이 중단됐다.

"아저씨!"

월터가 반갑게 외치며 포지네 집 우편함으로 달려갔다.

밴조의 트럭은 털털털털, 푸슉푸슉, 쿨럭쿨럭, 각종 소음을 뿜어내다 마침내 잠잠해졌다.

밴조를 만나는 것은 나흘 전 메이컨 카운티 키그랩 대회 이후로 처음이었다. 월터가 마지막으로 본 밴조는 절뚝대는 다리로 에벌라이나의 차를 뒤따라오며 "잠깐, 에벌라이나! 용서해 줘요!"라고 처량하게 외치는 모습이었다. 그 후로는 밴조의 코빼기도 보지 못했다.

밴조가 트럭에서 내리는 순간 월터는 인생 최대의 충격에 휩싸였다.

트럭에서 나온 남자는 아무리 봐도 밴조 같지 않았다.

이 낯선 밴조는 기름 얼룩과 때에 찌든 작업복이 아닌 정장 차림이었다.

심지어 평범한 정장이 아니었다. 새하얀 정장에 초록색 벨벳 조끼도 받쳐 입었다. 거기에 초록색과 흰색 줄무늬가 그어진 나비넥타이까지 맸다.

머리 모양도 늘 덥수룩하고 지저분했던 긴 머리가 아니었다. 갓 이발한 티가 나는 머리칼을 정가운데 가르마로 단정하게 빗어 넘겼다. 끝이 꼬부라진 콧수염은 여전히 있었지만 깔끔하게 다듬어 양 끝을 완벽한 각도로 말아 올린 모습이었다.

폭찹도 미심쩍은지 밴조 주위를 돌고 또 돌면서 연방 냄새를 맡고 나직이 그르렁거렸다.

밴조가 두 팔을 활짝 펼치며 말했다.

"환영합니다, 여러분. 새롭고 발전된 그리고 마음 깊이 회개하는 주빌레이션 T. 페어웨더를 눈으로 마음껏 즐기시지요."

"우와!"

월터와 포지의 탄성이 동시에 터져 나왔다.

"나의 두 젊은 친구들은 잘 지내고 있으리라 믿습니다. 내 너희를 위해 선물을 준비했지요."

밴조는 재킷 주머니에서 초코바 두 개를 꺼내 대단히 화려한 몸짓으로 월터와 포지에게 내밀었다.

포지가 인상을 찌푸렸다.

"장난해요?"

포장지의 색이 바랬고 칙칙한 것이 누가 봐도 꽤 오래 묵은 초코바였다.

"음, 고맙습니다."

월터가 엉거주춤한 자세로 두 개 다 받아서는 하나를 포지에게 건넸다.

밴조는 뒤로 손을 뻗어 트럭 안을 더듬더니 월터가 지금껏 본 것 중 가장 커다란 꽃다발을 꺼내 들었다.

"세상에 단 하나뿐인 내 진정한 사랑, 아리따운 에벌라이나의 애정을 되찾고자 내 이리 돌아왔소이다. 이렇게 하지 않고는 이 초록별에서 하루도 더 살 수 없음을 깨달았기 때문이라오."

"어우, 제발요!"

포지가 우거지상을 하며 손에 묻은 초콜릿을 바지에 문질러 닦았다.

"길을 비키시오, 포지 아가씨."

밴조는 장엄하게 말하며 절뚝절뚝 현관 계단을 오르기 시작했다.

그러나 밴조가 계단참에 오르기도 전에 에벌라이나가 문을 벌컥 열고 나와 소리쳤다.

"당장 나가요, 밴조!"

"하지만 제가……."

밴조는 두 손으로 꽃다발을 바치며 에벌라이나를 올려다봤다.

"세상에 단 하나뿐인 내 새끼를 죽일 뻔해놓고 무슨 염치로 그 낯짝을 내 집에 들이밀어요?"

에벌라이나는 뒤로 방충망을 쾅 닫고 밴조를 잡아먹을 듯 노려보았다.

하지만 에벌라이나에게 예의 그 마력을 발산하기 시작하는 밴조를 월터는 그저 경이에 찬 눈으로 바라볼 수밖에 없었다.

밴조는 이런저런 말을 쏟아내기 시작했다.

지표면을 거닐었던 모든 존재를 통틀어 나야말로 가장 어리석은 바보요.

진흙 속을 헤매는 하찮은 벌레보다 미천한 존재, 한심한 족속 중 가장 한심한 족속보다 더 한심한 존재가 바로 나요.

이놈의 저주받은 성질머리가 몸과 영혼을 집어삼켜, 평생 단 한 번 진정한 사랑을 느끼게 된 유일무이한 사람에게 고통과 비극을 안기고 말았다오.

"그 사람이 그대요, 나의 천사 에벌라이나. 내게는 그대, 오직 그대뿐이라오."

이어서 밴조는 각성했노라고 말했다.

이전에 무시했던 방식들이 얼마나 중요한지를 이제 확실히 깨달았다고 했다.

그리고 마지막으로, 여러분 앞에 선 이 남자는 완전히 새로 태어난 주빌레이션 T. 페어웨더라고 선언했다.

"목숨이 다하는 그날까지 내 겸허히 그대의 하인으로 남을 것이오."

그렇게 말을 마치고 밴조는 꽃다발을 들어 올린 채 월터가 지금껏 본 것 중 가장 참회하는 눈빛으로 에벌라이나를 바라보았다.

에벌라이나는 눈을 가늘게 뜨고 발끝을 두드리며 말없이 서 있었다.

포지가 월터를 쿡 찌르고 속삭였다.

"야, 규칙 제7번 연습할 기회다. 동정심을 보여주는 척해."

하지만 월터는 그러는 척할 필요가 없었다. 진심으로 밴조가 안쓰러웠기 때문이다.

밴조는 자신의 것이 되리라 믿어 의심치 않았던 빛나는 새 트럭을 끝내 거머쥐지 못했다. 대담무쌍한 모험은 결국 대담무쌍하기만 했지 아무런 소득도 없었다. 기껏해야 에벌라이나의 맹렬한 분노와 원망만 샀을 뿐이다.

네 사람은 가만히 아무 말도 없이 한참을 서 있었다.

그러다 이윽고 에벌라이나가 밴조의 손에서 꽃다발을 낚아채더니 현관 방충망을 홱 열었다.

"아유, 내가 못 살아. 그 꼴사나운 정장에 쪄 죽기 전에 냉큼 들어와서 선풍기 바람이나 쐐요."

밴조는 고개를 돌려 월터와 포지를 향해 윙크를 날린 뒤 냉큼 에벌라이나를 따라 들어갔다.

월터는 포지를 돌아보며 말했다.

"테네시에 두고 온 다른 책들 얘기 좀 해줘."

둘은 형의 트럭에 앉아 라디오에서 흘러나오는 컨트리음악을 듣고 있었다. 폭찹은 둘 사이에서 꾸벅꾸벅 졸고 있었다.

포지는 1초도 머뭇거리지 않았다. 테네시에 두고 온 책들에 관해 끝도 없이 재잘거렸다.

"무지개 텃밭을 만드는 법에 관한 책이 있었어. 보라색 콩이랑 자색 감자 같은 작물들을 줄 맞춰 심는 거지."

"우와!"

"백만 가지 과학 실험에 관한 책도 있었어. 이를테면 코르크 마개랑 탄산수 병으로 대포 만드는 법 같은 게 들어 있지. 촛불이나

자석으로 하는 멋진 실험들도 잔뜩 있었는데.”

“설마!”

“그러니까! 그 책은 가져올 걸 그랬어.”

포지는 계속해서 다른 책들 얘기를 늘어놓았고 월터가 카이사르 로마노프의 친구 사귀기 규칙을 실천하고 있다는 것을 알아채지도 못했다.

그러다 어느 순간, 규칙 제2번에 꼭 맞게 월터는 포지의 눈을 똑바로 들여다보며 말했다.

“포지.”

할 말이 있었는데 어쩐지 긴장이 되었다.

월터는 규칙 제6번에 따라 칭찬을 할 셈이었다.

“친구 사귀기 규칙들을 익히게 도와줘서 고마워. 네가 스승이니까 다음 주에 개학하면 네가 하는 걸 보면서 나도 잘해볼게.”

포지의 얼굴이 갑자기 하얗게 질렸다.

포지는 눈을 내리깔았다. 그러더니 나직하고 떨리는 목소리로 머뭇머뭇 말했다.

“그게, 음……. 솔직히 말해서 말이야.”

포지가 이렇게 주눅 들고 긴장한 모습을 보이다니 월터는 내심 놀랐다.

“솔직히 말해서 뭐?”

포지는 손가락을 꼼지락대면서 좀처럼 눈을 들지 못했다.

"음, 솔직히 말해서 난 카이사르 로마노프의 친구 사귀기 규칙을 실제로 써먹어 본 적이 없어."

월터의 눈썹이 쑤욱 올라갔다.

"없다고?"

포지는 느릿느릿 고개를 끄덕였다.

월터가 물었다.

"왜 안 써먹었어?"

포지는 힘없이 어깨를 으쓱했다.

"무서웠나 봐."

무서웠다고?

포지가? 무서웠다고?

"뭐가 무서웠는데?"

그제야 포지는 고개를 들고 월터를 보았다.

"안 그래도 눈에 띄는데 더 눈에 띌까 봐."

"아."

"얼굴이 이 모양이면 딴 게 아니어도 어딜 가나 튀고도 남아. 물론 나쁜 쪽으로. 이 얼굴로 이 애 저 애 눈을 맞추고 칭찬해 주고 그러면 글쎄, 뭐랄까……."

포지는 다시 시선을 떨어뜨렸다.

"아무튼 안 해봤어, 나도."

"그러면 친구들은 어떻게 사귀었어?"

"난 친구를 사귀어본 적이 없어."

월터는 말문이 막히고 말았다.

정녕 이 애가 처음 만난 날 무릎에 딱지가 앉은 채로 나와 대뜸 "글 읽을 줄 모르니?"라고 앙칼지게 쏘아붙이던 여자애와 같은 사람이라고?

고무장화를 신고 숲속을 당당하게 누비며 지식의 조각들을 마음껏 뿌려대던 자신만만한 포지라고?

팔팔한 다리 셋 강아지를 데리고 다니는 팔팔한 그 여자애가 맞아? 밴조에게 "혼자 실컷 불쌍한 척하며 노세요"라고 일갈했던 패기 넘치고 씩씩한 여자애가 맞아?

정말 이 애가 월터 자신과 함께 대담무쌍한 모험을 즐겼던 그 여자애라고?

월터가 말했다.

"이러면 어떨까."

포지는 괜히 손가락만 만지작거리며 잠자코 기다렸다.

"개학하면 카이사르 로마노프의 규칙들을 같이 써먹어 보자."

"같이?"

"응, 복도를 걸어 다닐 때나 학교 식당 같은 데서."

"글쎄, 모르겠다."

월터는 포지의 두 어깨를 붙잡았다. 그 결에 폭찹이 깨서 살짝 그르렁댔다.

월터는 말했다.

"규칙 제1번 긍정적으로 생각하라."

포지가 미소를 지었다. 옅은 미소였지만 그래도 분명한 미소였다.

"알았어. 해볼게."

월터는 포지의 어깨를 놓아주고 트럭 창밖을 내다보았다.

"나도 고백할 게 있어."

포지가 고개를 반짝 들었다.

"열기구가 하늘에 있을 때 형이 내 곁에 있었어."

월터의 고백에 포지의 눈이 점점 커다래졌다.

"무슨 생각 하는지 알아. 얘가 드디어 돌았구나, 하고 생각했지?"

"아냐, 그런 거."

"아니야?"

포지는 굳세게 고개를 저었다.

"절대 아니야."

"실제로 형이 있었던 게 아닌 건 알아. 그러니까 형을 눈으로 보거나 손으로 만지거나 할 수 있었다는 건 아니야. 하지만 형은 거기 있었어. 그리고 난 형의 세상을 봤어. 꿈에서 형이 말한 것처럼 말이야."

"정말?"

월터는 고개를 끄덕였다.

"하모니였어. 형의 세상은 하모니였어."

월터는 조수석 서랍에서 형의 편지를 꺼내 포지에게 건넸다.

포지는 편지를 읽었다. 다 읽고는 그렁그렁해진 눈물을 쓱 닦고 편지를 월터에게 돌려주며 말했다.

"정말 감동이다. 정말 좋은 형이었네."

월터는 또다시 고개를 끄덕였다.

"맞아. 그리고 고백할 게 하나 더 있는데 들어볼래?"

"뭔데?"

"지난번 그 꿈속에서 나, 촛불을 한 번에 다 껐다?"

"진짜?"

"그 후로는 그 꿈을 꾸지 않아. 앞으로도 그럴 거야. 다시는 그 꿈이 찾아오지 않으리란 걸 그냥 알겠더라고."

포지는 머리를 주억이며 "무슨 말인지 알겠어"라고 대답했다.

"네가 말한 것처럼 그 꿈은 그저 기분 좋은 한순간이 아니었나 싶어."

포지가 눈을 휘둥그레 뜨며 월터를 돌아봤다.

"아냐. 그저 그런 게 아니야. 형이 그 꿈을 통해 너한테 메시지를 전한 거야."

"메시지?"

포지는 자신 있게 고개를 끄덕끄덕했다.

'메시지라……'

그래! 메시지였다. 형은 월터에게 알려주고 싶었던 것이다. 자신이 하모니를 얼마나 사랑하는지.

밴조의 대담무쌍한 모험이 찾아온 것도 월터에게 이것을 알려주기 위해서였는지도 모른다.

그런 일이 일어날 줄 누가 생각이나 했을까?

월터와 포지는 한동안 말없이 트럭에 앉아 있었다. 포지의 무릎에 폭 파묻힌 폭찹과 함께 셋은 형이 좋아했던 컨트리음악을 들었다.

월터는 등받이에 머리를 대고 두 눈을 지그시 감았다.

이틀 뒤면 개학이다.

전에는 다시 학교에 갈 게 두려워 배 속이 마구 울렁거렸었다. 하지만 지금 이 순간, 더없이 놀라운 일이 벌어지고 있었다.

월터의 마음이 기대와 흥분으로 설레고 있었다.

마구 설레는 건 아니었다.

하지만 설렜다.

이제 머릿속으로 그릴 수 있었다. 카이사르 로마노프의 친구 사귀기 규칙을 갈고닦은 동지로서 자신과 포지가 함께 하모니 초등학교 복도를 활보하며 규칙들을 실행에 옮기는 모습을.

분명 탱크 형도 이를 자랑스러워하리라.

월터와 포지, 다리가 세 개뿐인 강아지 폭찹이 하늘에서 떨어진 이상한 아저씨 밴조를 만났다. 이 기막힌 인연이 찾아 헤맨 건 엉뚱하게도 추락해 버린 열기구다. 이들은 강에 휩쓸려 떠내려간 열기구를 되찾기 위해 계획을 세우고 비밀을 만들며 고군분투한다.

찢기고 부서졌음에도 다시 찾아와야 하는 열기구는 주인공 월터의 마음과 닮았다. 유일한 친구이자 세상 전부라 할 수 있는 형을 잃어버린 어린 월터. 열 살 소년의 가슴속에는 슬픔과 상실감, 분노와 울분이 차오른다. 열기구처럼 뜨거운 서러움이 점점 더 크게 부풀어 오른다.

월터는 결국 추락한 열기구를 찾아내지만 그것이 끝은 아니다. 거대한 열기구를 운반하기 위해 목숨처럼 애지중지하는 형의 트럭을 직접 운전한다. 그 과정에서 먼지 한 톨 없이 반짝반짝 광이 나던 트럭은 이리저리 쓸리고 긁히며 더러워진다.

이 위험천만한 모험을 통해 마침내 월터는 알게 된다. 상처도 마음속에만 얌전히 보관해서는 안 된다는 것을, 쓸리고 긁히며 때가 묻어도 한 번쯤 세상에 내보여야 한다는 사실을 말이다. "그래, 꼬맹아. 넌 할 수 있어." 자꾸만 들려오는 형의 환청은 어쩌면 월터가 스스로에게 해주고 싶은 말이 아니었을까.

우여곡절 끝에 엉망진창이던 열기구는 말끔히 수리된다. 드디어 불협화음만 난무하는 세 사람과 한 마리 강아지를 태우고 열기구는 둥실 하늘로 날아오른다. 하늘 위에서 월터가 내려다본 것은 살아생전 형이 그토록 보여주려 했던 자신만의 세상이었다.

인간은 누구나 감추고 싶은 약점이 있고 내보이기 싫은 아픔이 있다. 그러나 한 번쯤 다른 위치와 각도에서 그 상처들을 바라보면 어떨까 싶다. 월터와 포지가 끝없이 펼쳐진 창공에서 그들의 터전인 하모니를 내려다봤을 때처럼, 과거와는 전혀 다른 시선으로 자신들의 약점과 마주했을 때처럼 말이다. 그로 인해 얻게 되는 용기와 깨달음이 분명 있을 것이다.

이들의 모험을 따라가다 보면 마음이 지상에서 살짝 떠오르는 것을 경험할 수 있다. 마지막으로 포지가 알려준 '카이사르 로마노프의 친구 사귀기 규칙'은 너무 유용했다. 적어놓고 하나둘 실천하면 틀림없이 삶에 좋은 기운만 가득할 것이다.

이희영 (소설가)

옮긴이 이신

영미권 도서 번역가. 원저자의 문체와 의도를 최대한 살리면서 한국 독자들이 편하
게 읽을 수 있는 번역을 추구한다. 옮긴 책으로는 『두 사람 다 죽는다』 『오만과 편견』
등이 있다.

열기구가 사라졌다

초판 1쇄 발행 2022년 3월 16일
초판 6쇄 발행 2023년 10월 12일

지은이 바바라 오코너
옮긴이 이신
펴낸이 김선식

경영총괄 김은영
콘텐츠사업본부장 임보윤
책임편집 김정택 **책임마케터** 이고은
콘텐츠사업3팀장 이승환 **콘텐츠사업3팀** 김한솔, 김정택, 권예진, 이한나
편집관리팀 조세현, 백설희 **저작권팀** 한승빈, 이슬, 윤제희
마케팅본부장 권장규 **마케팅2팀** 이고은, 양지환
미디어홍보본부장 정명찬 **영상디자인파트** 송현석, 박장미, 김은지, 이소영
브랜드관리팀 안지혜, 오수미, 문윤정, 이예주 **지식교양팀** 이수인, 염아라, 김혜원, 석찬미, 백지은
크리에이티브팀 임유나, 박지수, 변승주, 김화정, 장세진 **뉴미디어팀** 김민정, 이지은, 홍수경, 서가을
재무관리팀 하미선, 윤이경, 김재경, 이보람, 임혜정
인사총무팀 강미숙, 김혜진, 지석배, 황종원
제작관리팀 이소현, 최완규, 이지우, 김소영, 김진경, 박예찬
물류관리팀 김형기, 김선진, 한유현, 전태환, 전태연, 양문현, 최창우, 이민운

펴낸곳 다산북스 **출판등록** 2005년 12월 23일 제313-2005-00277호
주소 경기도 파주시 회동길 490 3층 **전화** 02-704-1724 **팩스** 02-703-2219
이메일 dasanbooks@dasanbooks.com **홈페이지** dasan.group **블로그** blog.naver.com/dasan_books
종이 신승지류유통 **인쇄** 민언프린텍 **후가공** 제이오엘앤피 **제본** 국일문화사

ISBN 979-11-306-8084-2 (43840)